첫 마음 그대로

첫 마음 그대로

서울노인복지센터 지음

여는 글

지혜를 담은 옛 글에는 사람을 깨우치는 힘이 있습니다. 언제 읽어도 늘 새로운 감동을 줍니다. "꽃향기는 바람을 거스르지 못하나니, 전단향도 타가라향도 자스민향도 마찬가지. 그러나 훌륭한 덕행의 맑은 향기는 바람을 거슬러 사방에 퍼지노라."라는 법구경의 말씀처럼 훌륭한 글의 향기는 세월의 풍상을 건너 뛰어 오늘까지도 전해옵니다. 글자 하나 문장 한 구절에도 옛 어른들의 깊은 생각이 담겨 있기 때문입니다.

글이라고 다 글이 아니듯이 사람이라고 다 똑같은 사람이 아닙니다. 세월이 흘러도 깊은 감동을 주는 글이 있고 볼 때마다 삶의 귀감이 되는 훌륭한 사람이 있습니다. 다행히 서울노인복지센터에는 보고 배우며 따라 흉내 낼 훌륭한 분들이 언제나 넘쳐납니다. 이렇게 훌륭한 분들이 어디서 오셨는지 매일 감동받습니다. 고운 마음으로 남을 배려하고, 남의 좋은 일을 함께 기뻐하며, 힘닿는 대로 남을 돕는 분들이니 보살이라고 불러 마땅합니다. 이런 보살들이 가득한 곳이니 서울노인복지센터는 정토세상입니다.

어르신들을 돌보며 복을 지어가는 이들과 함께 보고자 훌륭한 옛글을 모았습니다. 남을 위해 애쓰는 이들을 격려하고 칭찬하는 말씀이 가득한 글들입니다. 짧은 해설도 붙였습니다. 부처님의 자비정신을 바탕으로 우리 사회의 어르신들을 모시는 봉사기

관이기에 불경에서 따온 글이 많습니다. 나아가 우리 옛 선비들의 글도, 큰스님들의 글도 담았습니다. 선인들의 간절한 마음이 저절로 느껴지는 글들입니다. 또 우리 센터에서 일하는 직원들이 평소 귀감으로 삼는 글도 몇 구절 넣었습니다. 보고 또 보고 읽고 또 읽으면서 마음을 새롭게 하는 글입니다.

지혜를 닦는 것만큼이나 복덕을 쌓아야 깨달음을 얻는다고 부처님은 강조하셨습니다. 복덕을 쌓는 일은 자기 자신과 주변에 먼저 선을 행하는 일부터 시작합니다. 매일 수천 명의 어르신들과 자원봉사자들이 어우러지는 서울노인복지센터는 복덕을 쌓는 가장 훌륭한 자리입니다.

서울노인복지센터의 소임을 맡은 덕분에 큰 인연을 지을 수 있었습니다. 센터가 발전하고 노인복지에 큰 역할을 할 수 있도록 돕는 서울시와 대한불교조계종사회복지재단·조계사에 감사드리며, 시설을 찾아주시는 어르신들, 대가 없는 봉사와 보시로 큰 공덕을 쌓는 자원봉사자분들, 그리고 격무에 시달리면서도 미소를 잃지 않는 센터의 직원 여러분과 이 책을 나누고자 합니다.

2015년 7월

서울노인복지센터 관장 희유(希有) 합장

목차

2장 … 함께 걸어 행복한 길이니

3장 ··· 나눌수록 커지는 기쁨이니

4장 … 뒤돌아 후회 없는 삶이니

5장 ··· 첫 마음 그대로

살며 나누며 기뻐하며 1

그대, 이미 보배 쌓인 곳에 왔으니
결코 빈손으로 돌아가지 말지어다

今旣到寶所
不可空手而還

- 『수심결(修心訣)』

보배 쌓인 곳

잃고 나서야 비로소 소중했음을 안다. 건강할 때 건강의 소중함을 모르는 것처럼. 둘러보면, 지금 자기 자신이 선 자리만큼 고맙고 소중한 곳이 또 없다. 여기가 바로 보배가 가득 쌓인 곳이다.

고려시대 보조국사(普照國師) 지눌(知訥) 스님은 열심히 마음 닦을 것을 당부했다. 스님은 『수심결』에서 말하길 "바라건대 도를 구하는 사람이라면 미리 겁먹지 말고 모름지기 굳센 마음을 일으켜야 할 것이니 지난 세월 가히 알 수 없는 착한 인연을 쌓아왔기 때문이다."라고 했다.

금생에 인간으로 태어나 부처님의 법을 만났다는 것 자체가 이미 한량없는 복덕의 결과다. 보배가 가득한 창고에 들어섰으니 능력껏 담아 들고 나가기만 하면 된다. 지눌 스님은 간절하게 말했다. 빈손으로 돌아가지 말라고.

산 위의 큰 바위가
바람에 흔들리지 않듯
지혜로운 사람은 뜻이 굳세어
칭찬과 비방 때문에 평정을 잃지 않느니라

譬如厚石
風不能移
智者意重
毀譽不傾

- 『법구경(法句經)』

너그러운 사람

기원정사의 밧디야 스님은 키가 매우 작아서 난쟁이라는 뜻의 '랏꾼다까'라고 놀림을 받았다. 하지만 매우 너그러워 결코 화를 내지 않았고 늘 웃는 얼굴이어서 누구나 좋아했다. 간혹 철없는 아이들이 작은 키만 보고서 자기 또래인 줄 알고 버릇없이 굴어도 결코 불쾌하게 여기지 않았다.

수행을 통해 마음속에서 성냄과 불쾌함 따위를 모두 없애 버린 밧디야 스님은 언제나 봄바람처럼 주위를 따뜻하게 해주었다. 다른 스님들이 밧디야 스님의 참고 견디는 능력을 보고 감탄하자 부처님께서는 이렇게 말씀하셨다.

"아라한은 절대 감정을 잃지 않느니라. 그는 상대방이 사납게 말할 때에도 절대로 원한이나 악심을 품지 않느니라. 그는 마치 산 위의 견고한 바위와 같이 안정되어 있으며, 그처럼 심지가 굳고 흔들림이 없느니라. 또한 아라한은 자기에 대한 칭찬에도 동요하지 않느니라."

불교가 아니어도 좋다. 흔들리지 않고 너그러워 화내지 않는 마음을 기르는 마음공부라면. 마음을 잘 챙겨 흔들림 없는 경지에 도달할 수 있다면.

흐르는 물도 가물 때 있고
세찬 불길도 곧 꺼진다네
해도 뜨면 저물고
달도 차면 기운다네
권세부귀 넘쳐나도
무상의 바람은 한결같다네

水流不常滿
火盛不久燃
日出須臾沒
月滿已復缺
尊榮豪貴者
無常復過是

－『죄업응보교화지옥경(罪業應報教化地獄經)』

모든 법 영원치 않아

지금이 영원할 수 없기에 허망하다. 미래가 항상 지금 같지 않을 것이기에 불안하고 고통스럽다. 어떻게 변화할지 알 수 없기에 두렵다. 예측할 수 없는 미래, 삶과 단절되는 죽음 앞에서 중생은 불안하고 괴롭다.

그렇다면 항상함이 없는 무상함은 진정 괴로운 것인가? 아니다. 무상이란 '모든 것은 변한다'는 진리를 밝힌 것일 뿐 괴로움이 아니다. 변화하는 것이 세상의 본질이고 자연의 이치다.

무상은 희망의 세계관이다. 모든 것이 고정되고 변화가 없다면 희망은 존재할 수 없다. 세상은 변화할 수밖에 없기 때문에 희망이 있는 것이고 발전할 수 있다. 변화하기 때문에 보다 나은 미래를 기대하고, 내일을 위해 오늘 노력을 기울인다.
부처님은 말씀하셨다.

"만약 이 세상에 겨자씨만한 것이라도 변하지 않는 것이 있다면 나의 가르침은 성립할 수 없다."

- 『증일아함경』

네 살짜리 어린 자식은 이제 조금 분별이 생겨 다른 사람을 아비 어미라 부르지는 않을 정도는 되었습니다. 노상 품속에서 떠나려 들지 않아서 수십 글자를 입으로 가르쳐 주었는데 갑자기 묻더군요.

"나는 아버지가 계신데 아버지는 왜 아버지가 없나요? 우리 아버지의 어머니는 어디 계시나요? 아버지도 일찍이 젖을 먹고 크셨나요?"

나도 모르게 아이를 무릎에서 밀쳐 버리고 엉겁결에 목 놓아 한참을 울었답니다.

幼子四歲 稍纔辨別 不呼他人 爲父母 常在懷中 口授數十字 忽問 我有父在 父何獨無 我父之母安在 父亦甞乳乎 不覺推墮膝下 失聲 長呼

- 『연암집(燕巖集)』

아버지도 아버지가 계신가요

부모가 되어야 부모 마음을 알 수 있다지만 그 때는 이미 늦지 않을까? 이제 겨우 말을 하기 시작한 어린 아들의 천진한 물음은 참고 참았던 그리움의 물꼬를 터 하염없이 울게 만들었다.

아버지를 떠올리고 슬픔에 잠긴 연암의 마음이 손에 잡힐 듯 보인다.

아버지 삼년상을 마친 연암 박지원이 친구 황승원을 위로하고자 편지를 보냈다. 아버지 삼년상을 막 마친 자신의 이야기로 이제 막 아버지가 돌아가신 친구의 슬픔을 위로하려 했는데 편지를 쓰다가 더 슬퍼진 듯하다. 어린 아들의 천진한 물음에 그만 목 놓아 울고 싶었을 것이다.

20년 뒤인 1787년, 아버지 몫을 하던 형님 또한 돌아가셨다. 지극한 슬픔 속에 연암은 시를 지었다.

"우리 형님 얼굴 수염 누구를 닮았던고
돌아가신 아버님 생각나면 우리 형님 쳐다봤지.
이제 형님 그리우면 어드메서 본단 말인가.
두건 쓰고 옷 입고서 냇물에 비친 나를 보면 될까?"

꽃과 같은 친구[花友]
저울 같은 친구[稱友]
산과 같은 친구[山友]
땅과 같은 친구[地友]

有友如花
有友如稱
有友如山
有友如地

- 『불설패경초(佛說孛經抄)』

어떤 친구가 되어야 하나

꽃과 같은 친구란 누구인가?
좋을 때는 머리에 꽂고 시들 때는 버려지는 꽃처럼
부귀할 때는 가까이하고 가난해지면 외면하는 친구.

저울 같은 친구란 누구인가?
무거운 쪽으로 처지는 저울처럼
베풀 때는 고마워하지만 주는 게 없으면 업신여기는 친구.

산과 같은 친구란 누구인가?
황금빛 금산(金山) 덕에 새와 짐승들도 금빛으로 빛나듯,
부귀와 영화를 함께 누리도록 베풀며 즐기는 친구.

땅과 같은 친구란 누구인가?
온갖 곡식과 재물을 나누어 주어 부양하고 보호하여
두터운 은혜와 덕을 하염없이 베풀어 주는 친구.

음욕보다 더 뜨거운 것 없고
성냄보다 강한 독(毒)이 없으며
몸보다 더한 괴로움 없고
열반보다 뛰어난 즐거움 없네

熱無過淫
毒無過怒
苦無過身
樂無過滅

–『법구비유경(法句譬喩經)』

몸보다 괴로운 것 없네

이 세상에서 가장 괴로운 것이 무엇인지 논쟁이 붙었다.

"성욕이 일어나면 참을 수 없지."

"미칠 듯이 화가 나는 일을 겪어보지 못해서 그래."

"며칠 굶어보면 먹을 것 생각밖에 안 날 껄?"

"솜털이 곤두서는 공포보다 더할까?"

서로 자기 견해가 옳다고 싸우는 모습을 지나가던 부처님이 보셨다.

"무슨 일로 서로 다투느냐?"

네 사람의 말을 들은 부처님은 네 수행자들이 아직 진정한 괴로움을 모른다고 하셨다. 수행자들이 말한 그 모든 괴로움은 '몸'을 지녀 비로소 생겨나는 것, 그러기에 천하에서 몸보다 더 괴로운 것은 없다.

"그러므로 이 세상의 온갖 괴로움을 여의려면 마땅히 적멸(寂滅)을 구해야 하나니, 마음을 거두어 잡고 바른 길을 지켜, 말끔하게 아무 생각이 없어야 열반을 얻을 수 있을 것이다. 또 그것이 가장 즐거운 것이기도 하다."

- 『법구비유경』

건강은 가장 큰 이익
만족은 가장 큰 재산
관대함은 가장 귀한 친구
열반은 가장 높은 즐거움

無病最利
知足最富
厚爲最友
泥洹最樂

- 『법구경(法句經)』

뒹굴대는 돼지

파사익 왕은 몸집이 큰 만큼 엄청나게 먹어대는 대단한 대식가였다. 매끼 쌀 두 되 반으로 밥을 지어 엄청난 고기 반찬과 함께 먹었다. 언젠가 아침밥을 지나치게 많이 먹고 부처님을 뵈러 온 왕은 부처님의 설법을 듣던 도중에 식곤증이 몰려와 커다란 몸을 앞뒤로 흔들며 졸고 말았다.

부처님은 졸음에 시달리는 왕의 모습을 보고 식사습관을 바꿀 것을 권했다. 매 끼니마다 쌀을 한 홉씩 줄여 밥을 짓고, 식사 끝에는 마지막 밥 한 숟갈을 남기는 습관을 들여 보라고 하셨다.

왕은 부처님의 충고를 열심히 실천하여 조금씩 먹는 양을 줄였다. 무리하지 않고 조금씩 줄이니 별반 배고픔을 느끼지 않고도 음식 양을 조절할 수 있었다. 점차 몸도 가벼워지고 건강도 전보다 훨씬 좋아졌다.

왕은 매우 기뻐하며 부처님을 찾아뵈었다. 부처님이 권한 대로 식사량을 줄여 건강해졌으며 전처럼 졸음에 시달리지도 않는다고 말씀드렸다. 이때 부처님이 왕에게 들려준 게송이 법구경의 이 구절이다.

계절과 기후가 변하면서 몸 건강도 달라지니
병들면 의사에게 보여 제대로 치료받고
음식과 약으로써 돌보고 다스려야 하느니라

隨時歲中 諸根四大 代謝增損
令身得病 有善醫師 隨順四時
三月將養 調和六大 隨病飮食 及以湯藥

- 『금광명경(金光明經)』

병들었을 때는

부처님 곁에는 기바라는 명의가 있었다. 『동의보감』을 지은 허준, 중국의 화타 또는 편작과 비견되는 명의다. 2,500년 전인 부처님 시대에 백내장 수술을 집도하였다고 전할 정도로 최고의 의술을 지녔다. 또한 독실한 신자로서, 뛰어난 의술로 부처님과 제자들의 병을 많이 고쳐주었다.

부처님의 제자 가운데는 신통력이 뛰어난 목련 존자를 비롯하여 위대한 수행자들이 많았다. 그들도 육체의 병이 생기면 의사 기바의 도움을 받아 병을 치료했다. 『금광명경』의 말씀처럼 좋은 의사에게서 치료받는 것은 부처님 교단에서 당연한 일이었다.

기바는 단순히 솜씨만 좋은 의사가 아니었다. 악행을 저질러 마음에 깊은 병이 든 아사세 왕을 부처님께 데려왔다. 그 병은 의술로 치료할 수 없는 병이기 때문이었다.

수행을 잘하기 위해서는 몸을 항상 건강하게 유지해야 한다. 지나치게 몸을 아끼거나 반대로 함부로 굴리는 것도 수행에는 장애가 되니 수행자는 중도를 지켜 적절한 치료와 요양으로 몸을 다스린다.

부드러운 눈길로 바라보는 안시(眼施)
웃는 얼굴로 사람을 대하는 화안열색시(和顔悅色施)
좋은 말, 고운 말로 사람을 대하는 언사시(言辭施)
다정히 손잡고 힘든 이를 부축하는 신시(身施)
진심에서 우러나오는 친절로 사람을 대하는 심시(心施)
남에게 자리를 양보하고
환자의 자리를 살피는 상좌시(牀座施)
편안히 쉴 수 있는 잠자리를 제공하는 방사시(房舍施)

–『잡보장경(雜寶藏經)』

가진 것 없어도 베풀 것 있으니

꼭 많이 가져야 보시할 수 있을까? 경전에서는 재물이 없어도 남에게 베풀어 행복을 줄 수 있는 일곱 가지 방법을 가르치고 있다. 그것을 무재칠시(無財七施)라고 한다. 경전에 따라 7가지 항목은 조금씩 차이가 있지만 근본 뜻은 같다. 무재칠시는 다른 사람을 배려하는 마음에서 출발한다. 배려하는 마음만 있으면 누구나 무한한 보시 공덕을 지을 수 있다.

가진 것이 있어야만 보시의 공덕을 짓는 것이 아니다. 가진 것이 없으면 밝은 얼굴, 다정한 말 한마디라도 베풀어라. 무재칠시가 가르치는 것은 바로 '복을 짓는 마음,' '복을 짓는 방법'이다.

깨끗한 마음으로 보시하면
이 세상이나 저 세상에서 가는 곳마다
그림자처럼 복된 결과 따르리니
인색한 마음 버리고 깨끗한 보시를 행한다면
이 세상이나 저 세상에서 기쁨이 늘 함께 하리라

淨信心惠施　此世及他世
隨其所至處　福報常影隨
是故當捨慳　行無垢惠施
施已心歡喜　此世他世受

- 『잡아함경(雜阿含經)』

깨끗한 마음으로 보시를 행하라

보상을 기대한 선행은 이 세상에서 이미 보답받기에 진정한 공덕으로 남지 않는다. 남들이 알아주기를 바라는 보시는 허영 가득한 자기 과시일 뿐 상대를 배려하는 참된 보시가 되기 어렵다.

보시를 반복하다 보면 자기만의 것이라는 애착과 더 가지려고 하는 중생의 욕망을 함께 버릴 수 있다. 보시가 무르익으면 부처님이 가르치신 출세간의 진리를 이해하고 깨달음을 얻게 된다.

『우바새경(優婆塞經)』에서는 보시하는 이유를 다음과 같이 밝히고 있다.

"지혜로운 사람이 보시하는 까닭은
보시가 필요한 중생을 불쌍히 여기고 사랑하기 때문이며,
다른 사람을 안락하게 해주고자 하는 마음 때문이며,
다른 사람도 보시하는 마음을 내도록 하고자 하기 때문이며,
모든 성인의 바른 도(道)를 실천하기 위해서며,
온갖 번뇌(煩惱)를 깨버림으로써
열반(涅槃)에 들어 윤회의 사슬을 끊고자 하기 때문이다."

젖 먹이고 안아주며
병 걸릴까 근심하는 어머니가
좋은 약으로 병 고치고
예쁜 옷 입혀가며 즐거워하듯
부처님도 온갖 중생의 아버지로서
모든 이를 자식처럼 여기시노라

慈母乳哺恩育愛憐 不令有少病苦所侵 若後有病慈母即爲揀擇良藥
授與令服子旣服已而得安樂 如來大師亦復如是 爲一切世間之父
觀諸衆生如其子想

- 『선교방편경(善巧方便經)』

자애로운 어머니처럼

자식에 대한 부모의 사랑은 무한하다. 원하는 것은 다 해주고 싶다. 달라는 것도 다 주고 싶다.

어머니는 말 못하는 아이와도 뜻이 통한다. 울음만 울어도 무엇이 필요한지 바로 알아차려 젖을 물리고 젖은 옷을 갈아준다. 울음소리가 다른 것일까? 다르지 않아도 알 수 있다. 우는 소리를 듣는 것이 아니라 소리의 근원을 듣기 때문이다. 듣고자 하는 간절한 마음이 있기에 어머니의 능력은 더욱 더 개발된다.

어머니의 사랑처럼 부처님은 자비도 한량이 없다. 일체중생을 다 자식처럼 사랑하신다. 자비(慈悲)의 '자(慈)'는 어머니의 사랑처럼 무한히 품어주는 사랑이다. '비(悲)'는 슬픔에 공감하는 절대적인 위로다. 우리 중생은 부처님이 어떤 존재인지 완벽하게 이해하지 못하더라도 부처님의 깨달음을 자비의 모습 속에서 확인할 수 있다. 깨달음의 본질이 자비(慈悲)이기 때문이다.

하루 일하지 않으면 하루 먹지도 말라

一日不作 一日不食

- 『조당집(祖堂集)』

일하지 않으면 먹지도 말라

백장(百丈) 스님은 사찰에서 거부했던 노동을 오히려 공동체의 기본의무로 삼아 선종사찰의 생활규범인 청규(淸規)를 만들었다. 90이 넘어서도 매일 쟁기나 호미를 들고 일을 했다. 마음이 편치 않았던 제자들은 급기야 호미와 쟁기를 감췄다. 여느 때처럼 일을 나가려던 스님은 곧 어떻게 된 일인지 알아차렸다. 제자들은 자신들의 뜻이 통했다고 생각했지만 스님은 식사 시간이 되어도 방에서 나오지 않았다. 일하지 않았으니 먹을 자격이 없다는 것이었다. 제자들은 잘못을 빌고 다시 연장을 내놓을 수밖에 없었다.

이때부터 노동은 사찰의 기본생활이 되었다. 참선수행과 노동이 둘이 아닌 선농일치(禪農一致), 낮에는 농사짓고 밤에는 수행하는 반농반선(半農半禪)의 전통이 한국불교에도 이어져 유교사회가 노동을 천시해도 스님들은 밭에서 일하고 기른 것으로 식량을 삼았다.

모든 문제를 스스로 해결하고, 직접 탁발해서 밥을 먹고, 바느질도 손수 하신 부처님, 남을 위한 봉사조차도 앞장서신 부처님의 정신이 백장 스님에게서 되살아났다.

백 개의 절을 짓는 것이
한 사람 살리는 것만 못하고
시방천하의 모든 사람 살리는 것도
하루 마음을 지키는 것만 못하니
사람이 좋은 뜻을 세우면
그 복은 헤아릴 수 없느니라

作百佛寺 不如活一人
活十方天下人 不如守意一日
人得好意 其福難量

- 『매의경(罵意經)』

마음 지키는 공덕

아침 탁발에 나선 앗사지 비구는 점잖고 위엄 있게, 자신의 정신을 잘 집중하여 흔들림 없는 태도로 걸어가고 있었다. 모든 감각기관은 매우 맑고 고요하며 깨끗하고 밝았으며 피부는 투명했다. 진리를 추구하며 스승을 찾던 사리불이 그 모습을 보았다. 찾고 있던 진리의 모습, 세속의 갈망과 번뇌를 이겨낸 고요함을 앗사지 비구에게서 발견했다.

사리불은 앗사지 비구에게 물어보았다.

"당신은 틀림없이 매우 높고 깊은 가르침을 닦는 분일 것입니다. 당신의 스승은 누구입니까? 스승께서는 무엇을 가르치고 있습니까?"

마음 다스려 집중한 수행자는 그 모습만으로도 사리불을 감화시킬 수 있었다. 사리불은 부처님에게 와서 10대 제자 중 한 사람이 되었다.

인간이 짐승과 다른 점은 생각하고 결정할 자유의지를 지닌 점이다. 자유의지는 선택할 수 있는 힘이다. 뜻이 있어야 선택할 수 있다. 뜻은 마음에서 나온다. 마음 지켜 좋은 뜻을 세워 깨달음을 얻는 것을 누구도 말릴 수 없다.

버린 천으로 옷 만드니 옷 욕심이 사라지고
빌어서 밥 먹으니 음식 욕심 끊어지네
나무 아래 머무니 편한 자리 필요 없고
몸과 마음 고요하니 세속 욕심 사라지네
…
이런 성행(聖行)은 소욕(少欲)과 지족(知足)의 이름을 얻게
되리라

謂糞掃衣 能治比丘爲衣惡欲 乞食能破爲食惡欲 樹下能破臥具惡
欲 身心寂靜能破比丘爲有惡欲 … 如是聖行則得名爲少欲知足

- 『대반열반경(大般涅槃經)』

욕망을 적게 하여 만족할 줄 알라

욕망과 탐욕이 현대문명의 뿌리다. 무한한 욕망을 달래려고 고통과 파괴의 악순환(惡循環)이 일어난다. 자연을 오로지 정복하고 채취·약탈하는 '대상'으로밖에 보지 않는 서구적 가치관으로는 생태계의 지속적 파괴를 막을 수 없다. 보다 많은 소비가 미덕인 물질중심의 생활 방식이 지속되는 한 과잉 소비와 자원고갈을 벗어날 수 없다.

한계에 봉착한 현대문명은 불교에서 대안을 찾는다. 불교는 인류에게 윤회의 길을 해탈의 길로 전환하는 길을 알려준다. 바로 공생(共生)의 원리다. "이것이 있음으로서 저것이 있다. 저것이 있음으로서 이것이 있다."라고 부처님은 말한다. 나의 생존은 바로 남의 존재를 전제로 할 때 성립한다. 남이 없으면 나 또한 없다는 것이 불교철학의 핵심 내용이다. 그래서 연기의 이치는 공생의 원리다.

공생해야 하기에 소욕(少欲)과 지족(知足)을 실천해야 한다. 그래서 『법구경』에서는 "만족하는 이야말로 최고의 부자[知足最富]"라고 했다.

고운 풀밭 따라 나서
꽃잎 질 때 돌아왔네

始隨芳草去
又逐落花回

– 『벽암록(碧巖錄)』

산을 노닐다

절 밖에 나섰다가 돌아오는 장사경잠(長沙景岑) 스님에게 수좌스님이 어디까지 다녀오셨냐고 물었다.
"처음에는 고운 풀밭을 따라 나섰다가
나중에는 떨어지는 꽃잎을 따라 돌아왔느니라."
수좌스님은 크게 감동하였다. "마치 봄소식 같습니다."

이 이야기가 『벽암록』에 '장사유산(長沙遊山)'라는 화두로 실려 많은 수행자들을 깨달음의 길로 이끌었다.

목적지에 빨리 도착할 생각만 하는 사람은 도중에 아무것도 보지 못한다. 오직 천천히 걷는 이만이 고운 풀밭과 떨어지는 꽃잎을 즐길 수 있다. 빨리 도착해야 할 목적지가 없으면 없을수록 더 잘 보인다.

이번 생에 몸 받은 우리 인생은 고운 풀잎 자라난 아름다운 산길이었을까? 아름답게 피었다가 때가 되면 떨어지는 꽃잎처럼 갈 수 있을까?

생을 마칠 때에 이르러 스승들은 "잘 놀다 간다."라고 하신다. 우리도 그처럼 한세상 잘 놀고 가야 할 텐데.

적은 물도 끊임없이 흐르면 능히 돌을 뚫노라
만약 수행하는 이가 게을러 자주 수행을 중단한다면
나무를 비벼 불 피울 때 열도 나기 전에 그만두어
아무리 해도 불을 얻지 못하게 되는 것과 같으니라
이같이 끊임없이 노력하는 일을 정진이라고 하느니라

譬如小水常流 則能穿石
若行者之心 數數懈廢
譬如鑽火 未熱而息
雖欲得火 火難可得
是名精進

- 『유교경(遺教經)』

작은 물방울이 돌을 뚫듯

무슨 일이든 1만 시간을 투자하여 계속한다면 그 일의 전문가가 된다. 이를 1만 시간의 법칙이라고 한다.

1만 시간은 얼마나 긴 시간일까? 하루 3시간씩 10년, 하루 6시간씩 이면 5년이 걸린다. 전문가가 되는 데 필요한 시간이 생각보다 길지 않다. 평생 한 직종에 종사하면 1만 시간이 훌쩍 넘으니 나중에는 그 분야의 일들은 눈을 감고도 훤히 보이는 경지에 이른다.

도가 통하여 깨달음을 이루려면 어떻게 해야 할까? 여기도 1만 시간의 법칙이 통할까? 경전에서는 시간의 양이 아니라 '끊임없이'를 더 강조한다. 아무리 작은 힘이라도 모이면 바위도 뚫는 것처럼 중단 없이 계속하면 언젠가는 반드시 이루게 된다. 그러므로 정진은, 한꺼번에 집중하는 것보다는 꾸준함을 더 귀하게 여긴다.

작은 것이 점차 쌓여 큰 것이 되니
작고 작아 하찮아도 큰 것의 싹이니라
그러므로 현명한 이는 처음부터 삼가고
성인은 늘 조심하는 마음을 잊지 않느니라

蓋小者大之漸
微者著之萌
故賢者愼初
聖人存戒

-『선림보훈(禪林寶訓)』

작은 것이 쌓여 큰 것이 되니

세상은 큰일로만 이루어진 것도 아니다. 사람의 일생도 큰 사건으로만 이루어지지 않았다. 별거 없어 보이는 아주 작은 일들이, 평범하게만 여겨지는 일상의 사건들이 삶을 엮어간다.

1 : 29 : 300의 법칙은 미국의 보험사에 근무하던 하인리히가 발견했다. 그는 산업재해를 분석하여 통계적 법칙을 찾았는데, 중상자가 1명 나오면 그 이전에 같은 원인으로 경상자가 29명 발생했으며, 같은 원인으로 부상을 당할 뻔한 잠재적 부상자가 300명 있었다는 사실이다. 그러므로 하인리히 법칙은 부상자가 발생할 뻔한 300건의 작은 사례에 주목하여 예방하라는 것이다.

하인리히 법칙은 노동현장의 재해만이 아니라 사회적 위기, 경제적 징후, 개인의 삶과 관련된 법칙으로도 이해되고 있다. 나아가 수행에도 새겨들을 훌륭한 충고가 아닐까? 아주 작은 일이 쌓여 큰일이 되는 법칙이니 말이다.

병든 이에게는 어진 의원이 되고
길 잃은 이에게는 바른 길을 가리키고
어두운 밤중에는 광명이 되고
가난한 이에게는 보배를 얻게 하나니
보살은 이처럼 일체중생 이익되게 하느니
…

몸과 말과 뜻으로 짓는 일에
결코 지치거나 싫어하는 생각이 없느니라

於諸病苦 爲作良醫 於失道者 示其正路 於闇夜中 爲作光明 於貧窮
者 令得伏藏 菩薩如是 平等饒益 一切衆生 … 身語意業 無有疲厭

- 『대방광불화엄경(大方廣佛華嚴經)』「보현행원품(普賢行願品)」

지치거나 싫어하지 않는

'이○○' 어르신은 일주일에 네 번 이상 센터를 찾는 부지런한 개근생이다. 센터의 식당 문이 열리면 제일 먼저 입장할 수 있도록 다른 어르신들이 배려하신다. 식당에 들어서서 식탁에 앉으면 잠시의 기다림도 없이 봉사자가 식사를 가져온다. 손에 수저를 쥐어드린다. 어르신은 앞을 볼 수 없는 시각장애인이기 때문이다. 하지만 눈이 불편해도 식당과 센터의 시설을 이용하는 데에는 아무런 불편이 없다. 세심하게 살펴서 미리 돌봐드리는 봉사자들이 있기 때문이다.

봉사자가 특별히 챙기는 또 다른 어르신도 계신다. 반찬 가운데 조금이라도 씹기 불편한 음식이 있다면 일일이 가위로 잘게 잘라드린다. 아흔이 넘은 고령이시라 잇몸이 심하게 무너져 내렸기 때문이다. 비록 맛있게 씹어 드시지는 못하더라도 잘게 잘라준 식사를 즐겁게 드신다. 어느 자식이 이처럼 돌보아드릴 수 있을까? 서울노인복지센터의 봉사자들만이 가능한 일이 아닐까?

자기 부모도 아닌 이들의 식사 수발을 어떻게 저렇게 밝은 표정으로 할 수 있을지 신기하기만 하다. 아무런 보상도 없는 일을 매일같이 자발적으로 봉사하는 분들을 바라보면 '보살'의 뜻이 저절로 와 닿는다. '몸과 말과 뜻으로' 실천하면서 아무리 힘들어도 '지치거나 싫어하는 생각을 하지 않는' 우리 센터의 봉사자들 이야말로 보살이라 불러야 마땅하다.

이전 직장은 병원이었다. 병원에도 역시 휠체어를 타거나 장애가 있어 활동하기 불편한 분들이 많다. 병원의 어르신 환자들은 대부분 표정이 어둡다. 병에 지쳐 까다롭고 신경질적인, 그래서 돌보는 이를 상처주고 스스로 고통받는 경우를 많이 보았다. 하지만 똑같이 장애가 있어도 센터의 어르신들은 다르다. 쾌활하고 남을 배려한다. 적극적이고 활발하다. 어르신들의 밝은 마음에는 우리 봉사자들의 고운 마음도 큰 역할을 하고 있다고 본다.

서울노인복지센터 강민주 영양사

왕이 되면 언제나 베풀 수 있을까?
가난하면 베풀 수도 없는 것일까?
지극히 가난해도 먹기는 할 것이고
그릇에는 작은 찌꺼기라도 남으니
찌꺼기로 배부를 누군가가 있고
곡식 부스러기를 개미에게 준다면
역시 무량한 복덕을 얻으리라
가난해도 먼지만큼의 보릿가루야 없으랴
헐벗었다고 해도 실 한 오라기 없으랴
가진 것이 없어도 몸뚱아리 하나는 있으니
몸으로라도 마땅히 다른 사람을 도와라
베풀고 나누어 큰 복덕을 쌓으리라

- 『우바새계경(優婆塞戒經)』

함께 걸어 행복한 길이니 2

첫 마음 내는 자리 깨달음의 자리로다
생사 고통 열반 즐거움 항상 함께 어울리네

初發心時便正覺
生死涅槃常共和

－「화엄일승법계도(華嚴一乘法界圖)」

첫 마음이 깨달음의 자리

대승경전 가운데서도 『화엄경』은 80권에 이를 정도로 그 양이 많기로 유명하다. 이를 의상 스님이 단지 7언 30구 210자를 이용하여 그림으로 요약한 것이 「화엄일승법계도」다. 게송으로 낭송할 때는 '법성게(法性偈)'라고 부르며 화엄사상을 가장 잘 요약했다고 칭송받는다.

『화엄경』의 백미로 꼽히는 「입법계품」은 선재 동자가 53명의 선지식을 찾아 배우고 돌아오는 여정을 그린 장엄한 서사시다. 그런데 일곱 자밖에 되지 않는 '초발심시변정각'이란 말은 「입법계품」의 그 길고 험난한 여정을 압축한 듯 감동적이다.

선재 동자가 발심을 한 마음자리처럼 순수한 것이 어디 있으랴. '어린아이와 같지 않고서는 결코 하늘나라에 갈 수 없느니라.'고 한 기독 경전의 가르침도 이와 통한다.

기억하자. 첫사랑의 달콤한 떨림을, 한없이 위안 받던 어린 자식의 예쁜 미소를. 돌이켜보면 처음 냈던 마음은 언제나 순수하고 아름다웠다. 인생의 첫 마음은 모두가 거룩하다.

원컨대 이 종소리 법계에 두루하여
철위산(鐵圍山) 깊은 어둠 모두 다 밝아지며
지옥·아귀·축생의 고통 여의고 도산지옥 파괴되어
일체중생이 바른 깨달음 얻어지이다

願此鐘聲遍法界
鐵圍幽暗悉皆明
三途離苦破刀山
一切衆生成正覺

- 『석문의범(釋門儀範)』

새벽종송[朝禮鍾頌]

밤이 가장 깊고 어두움이 가장 짙은 새벽, 수행자는 종을 두드려 어둠을 몰아낸다. 그 소리는 잠에 취한 혼미한 정신을 깨우고, 깊은 어두움 속에 밝은 새벽을 열고, 마침내 저 먼 우주의 아득한 암흑마저 환하게 밝힌다. 우주의 가장 바깥 철위산 너머까지 빛이 스며드는 것이다.

곧 터오를 먼동의 설레임을 간직하며, 새벽의 맑고 고요한 공기를 가슴 깊이 마시고, 수행자는 일체중생의 행복과 바른 깨달음을 빌어본다. 위로는 저 높은 하늘세계, 아래로는 깊은 지옥에서 고통 받는 중생들까지 번뇌를 식혀주는 종소리가 닿을 수 있도록 기원하며 종을 울린다.

이때 부처님께서 말씀하셨다.

"뒷날에 흉악한 이들이 부모가 길러 주신 은혜도 모르는 불효자가 되지 않도록, 여래는 스스로 몸을 굽혀 아버지의 관을 짊어지는 모범을 보이고자 하는 것이니라."

爾時 世尊 念當來世 人民兇暴 不報父母育養之恩 爲是不孝之者 爲是當來衆生之等 設禮法故 如來躬身 自欲擔於父王之棺

- 『정반왕반열반경(淨飯王般涅槃經)』

아버지의 관을 몸소 짊어지려 하시니

석가모니 부처님의 아버지인 정반왕(淨飯王)이 돌아가셨다. 시신을 관에 넣고 사자좌(獅子座) 위에 안치한 다음 꽃을 뿌리고 향을 살랐다. 부처님께서는 이복동생이자 제자인 난타와 함께 관 앞에 공손히 서고, 부처님의 사촌 아난과 정반왕의 손자 라홀라는 관의 끝에 있었다. 이때 난타가 청했다.

"부왕(父王)께서는 저를 길러 주셨습니다. 원컨대 저로 하여금 부왕의 관을 메게 하여 주옵소서."

아난에게는 큰아버지고 라훌라에게는 할아버지니 그들도 관을 메고자 청했다. 이렇게 저마다 관을 메고자 할 때 부처님께서 직접 관을 짊어지려는 이유를 밝혔다. 아버지의 은혜에 보답하고 후세 사람들에게 모범을 보여야 할 필요가 있다는 것이다.

이때 하늘나라 온갖 천신들과 사천왕도 내려와 정반왕의 관을 짊어지고자 청하니 결국 관을 드는 것을 다른 사람들에게 맡기고 부처님은 향로를 손수 들고 관 앞에서 걸어 장지(葬地)로 나아갔다.

차라리 진실한 말 때문에 적을 만들지언정
비위 맞추는 말로 친구를 만들지 말지니라
차라리 바른 가르침을 설하고 지옥에 떨어질지언정
그릇된 가르침을 설하고 천상에 태어나지 말지니라

寧爲實語而作怨憎
不爲諂言而作親厚
寧說正法墮於地獄
不說邪諂生於天上

- 『보살본연경(菩薩本緣經)』

진실한 말로 사귀라

위대한 역경승이었던 구마라집은 임종에 이르러 "나의 번역에 오류가 없다면 내 시신을 화장한 뒤에도 혀가 타지 않을 것이다."라는 유언을 남겼다. 말씀대로 시신을 불태우니 오직 붉은 혀만 온전히 남아 있었다. 구마라집의 혀는 부도에 모셔졌다. 중국 장안의 초당사에 이 부도가 전한다. 평생 진실한 말만 한 이의 자신감, 경전을 번역해 수많은 중생에게 부처님의 법을 전한 큰 공덕이 불에 타지 않는 혀 사리(舍利)의 전설을 낳았다.

불교인이 지켜야 할 팔정도(八正道)의 세 번째가 올바른 말을 해야 한다는 정어(正語)다. 정어가 추구하여야 할 것은 진실한 말이다. 피해야 할 것은 망령된 말이나 남을 이간질하는 말, 남을 헐뜯는 말, 매끄럽게 꾸미는 말이다.

진실을 지키는 것은 때로 고통스럽다. 그래도 지켜야 한다. 지옥의 고통을 받을지라도 거짓으로 부귀영화를 누리는 것보다 낫다.

이 몸은 물거품이로다, 잡을 수 없어 허망하니
이 몸은 바다로다, 오욕락을 꺼리지 않고 다 받아들이니
이 몸은 바다로 흘러드는 강이로다, 노병사가 다 모여드니
이 몸은 똥 덩어리로다, 맑았던 정신도 다 사라지니
이 몸은 모래성이로다, 어느새 다 닳아 무너지니

是身如聚沫 不可手捉 是身如海 不厭五欲 是身如江歸於淵海 趣老
病死 是身如糞 明智所捐 是身如沙城 疾就磨滅

- 『수행도지경(修行道地經)』

이 몸은 바다로다

깨져서 늘 새는 그릇, 금세 시드는 꽃, 온갖 병이 모여 사는 낡은 집, 죽음만이 깃든 폐허가 된 궁전 등 55가지 대상에 빗대어 『수행도지경』에서는 우리 몸을 비유한다. 부처님은 왜 이토록 몸에 대한 부정적인 표현을 하셨을까?

바로 몸에 대한 애착과 몸에 대한 욕망이 수행을 방해하고 있기 때문이다. 그래서 『수행도지경』에서는 이렇게 말했다.

"재물과 색(色)을 탐냄도 제 몸을 위하는 것이고
설령 환난(患難)이 생겨도 먼저 자신부터 구원하네.
영원히 남은 돌보지 않고 오직 자기만 생각하니
때문에 속인(俗人)들은 그것을 나라고 집착하네."

그렇기 때문에 자신의 몸이 어떤 것인지 바로 봄으로써 몸에 대한 애착을 끊고 수행에 힘쓸 것을 당부하신 것이다.

모름지기 알아라, 음식을 받아먹음은
단지 몸이 마르지 않고 병들지 않도록 함으로써
도업을 성공적으로 이루고자 함이라는 것을

須知受食
但療形枯
爲成道業

-『초발심자경문(初發心自警文)』

오직 도를 이루기 위해 몸을 유지할 뿐

이제 막 수행의 길에 들어선 초심의 학인(學人)들은 어떤 생활태도를 가져야 할까? 정혜결사를 제창한 지눌 스님은 식사와 같은 가장 기본적인 생활태도가 불교를 바르게 하는 근본이라고 보았다.

수행자의 먹는 일에 대해서는 메난드로스 왕도 관심을 가졌다. 알렉산더 대왕의 수하 장군이 북인도에 세운 왕조의 메난드로스 왕은 욕망을 떠나라는 불교의 가르침에 대해 의문을 가졌다. 출가한 사람도 먹어야 살며, 몸이 있는 한 욕망을 떠날 수 없다는 것이다.

나가세나 스님은 전쟁터에서 화살을 맞았을 때, 상처를 치료하고 붕대로 감는 것은 상처가 소중한 까닭이냐고 왕에게 물었다. 상처를 치료하여 건강을 되찾고자 함이라는 대답에 수행자의 몸도 상처와 같다고 했다. 몸을 사랑해서 집착하고 음식을 먹는 것이 아니라, 청정한 수행을 더욱 잘 하기 위해서 육신을 유지하고자 함이라고.

그렇다. 음식을 먹는 것은 오직 도를 이루기 위함이니 혀끝의 욕망을 지나치게 추구하면 곤란하다.

병든 이를 보거든 항상 공양하되
마땅히 부처님처럼 여길지어다

여덟 가지 복전(福田) 가운데
병자를 간호하는 것이 가장 으뜸가느니라

見一切疾病人 常應供養如佛無異
八福田中 看病福田第一福田

- 『범망경(梵網經)』

아픈 사람이 부처님이니

보살계를 받은 대승불자가 지켜야 할 계목을 담은 경전이 『범망경』으로, 그 가운데 아픈 이를 돌보라는 불간병계(不看病戒)는 9번째 계목에 해당한다. 당나라 화엄종의 법장(法藏) 스님은 이 계를 제정하게 된 취지를 이렇게 말하고 있다.

"보살은 자비심으로 중생의 고통을 제거하는 사람이다. 보살이라면 어찌 병자를 보고도 구하지 않을 수 있을까? 그러므로 특별히 이 계를 제정한 것이다. 또한 만일 간병할 마음을 내지 않거나 병자를 돌보지 않으면 병자의 목숨은 곧 끊어지고 만다. 그러므로 이 계를 제정한 것이다. 큰 성인이신 여래께서도 몸소 병든 불쌍한 이를 보살피셨는데 하물며 우리들이 병자를 보고도 구하지 않으면 어쩔 것인가!"

간병은 공덕을 쌓을 기회를 얻는 것이니, 아픈 이들은 큰 복전이 아닐 수 없다.

다섯 가지 보시(布施)가 베푼 이를 만족시키니
무엇을 일컬어 다섯이라 하는가
첫째, 적당한 때에 맞추어 보시함이요
둘째, 청정한 수행자에게 보시함이요
셋째, 병자와 간호하는 사람에게 보시함이요
넷째, 배우고자 하는 사람에게 보시함이요
다섯째, 멀리 가는 사람에게 보시함이니라

有五種施 施主滿足 何等爲五 一者時施 二施行人 三施病人 及瞻
病者 四施法器 五施欲行 異國土者

-『비야바문경(毘耶婆問經)』

다섯 가지 바른 보시

보시가 좋은 일인지는 누구나 안다. 그렇지만 막상 자신이 가지고 있던 재물을 내놓을 때가 되면 아쉽기만 하다. 웃는 낯으로 건네지만, 속으로는 힘주어 돈 봉투를 도로 끌어당기는 것이 중생의 마음이다. 자기 손에 들어온 것을 내보내는 것은 살점을 도려내듯 아픈 일이다.

보시의 공덕이 그토록 훌륭하고 중요하기 때문에 보시를 권하고 또 칭찬하는 말씀이 경전마다 가득한 것이다. 하지만 반복하고 또 강조해서 보시를 언급하는 것은, 중요한 줄 알면서도 중생이 따라 실천하기는 어렵다는 것을 반증하는 것은 아닐까?

나에게 돌아올 보답에 연연하지 않을 때 바른 보시가 완성된다. '주는 이와 받는 이와 주고받는 물건이 다 아상(我相)을 잊으니 이것이 최상의 공덕'이라고 『금강경』에서 말한다. 세 가지가 청정하다는 삼륜청정(三輪淸淨)이야말로 가장 이상적 보시다. 오직 보시를 받는 사람이 잘되기만을 비는 보살의 마음을 갖추도록 노력함이 수행이다.

만약 지극히 가난하여
보시(布施)할 재물이 하나도 없더라도
남의 보시를 보면서
따라 기뻐하는 마음을 일으킨다면
따라 기뻐하는 복의 과보는
직접 보시하는 공덕과 다름 없느니라

若有貧窮人　無財可布施
見他修施時　而生隨喜心
隨喜之福報　與施等無異

- 『인과경(因果經)』

좋은 일 함께 기뻐하니

사촌이 땅을 사면 배가 아프다. 축하해줘야 하는데 막상 남이 잘 되는 것을 보면 속상하다. 속마음을 숨기고 겉으로는 함께 기뻐하고 함께 슬퍼하지만 곧 시기, 질투 등의 중생심이 올라온다. 함께 기뻐하는 수희행(隨喜行)이 좋은 줄 알면서도 실천하기란 왜 이리 어려운가.

좋은 일을 함께 기뻐하고 슬픈 일을 함께 슬퍼하라고 하지만 그것이 어찌 쉬운 일이랴. 아무나 할 수 있는 일이라면 경전에서 강조하지도 않았겠지. 그래도 좋은 일을 함께 기뻐함이 훌륭한 줄 아는 것만도 대단하다. 시기 질투에 빠져버린 중생의 모습을 벗어나고자 마음먹었기 때문이다.

욕망 덩어리인 나를 기준으로 삼지 말고 순수하게 상대방의 자리에 서서 좋은 일을 생각하자. 무아(無我)가 될 때 수희행도 이루어진다. 비록 지금 자신이 그렇게 할 능력을 갖추지 못하였을지라도 기뻐하는 그 마음은 직접 행한 바와 다름이 없으며 그 복은 똑같다고 가르치신 부처님 말씀을 기억하자.

소가 물을 마시면 우유가 되고
뱀이 물을 마시면 독을 만들듯
지혜로운 배움은 깨달음을 이루고
어리석은 배움은 생사윤회를 지을 뿐이네

牛飮水成乳
蛇飮水成毒
智學成菩提
愚學爲生死

-『종경록(宗鏡錄)』

소가 물을 마시면

순탄하게 잘 풀리기만 하는 인생은 없다. 부모를 잘 만나도 시절을 잘 만나도 어려움은 반드시 닥치게 마련이다. 이처럼 어려움을 만났을 때 사람의 진정한 가치가 비로소 드러난다.

어리석은 이는 닥친 어려움을 남의 탓으로 돌린다. 부모를 잘못 만나서, 친구가 도와주지 않아서, 동업자가 나쁜 사람이라서, 시절이 좋지 않아서 … 끊임없이 이유를 만들어낸다. 더 이상 둘러댈 말이 없으면 조상 묏자리를 잘못 썼다거나 귀신에 홀린 것 같다고 얼토당토않은 핑계라도 찾아낸다.

하지만 진정한 원인이 어찌 밖에 있을까? 내 탓이다. 내가 살아온 방식, 내가 맺어온 관계가 문제다. 문제를 해결하려면 문제를 불러온 나 자신을 먼저 변화시켜야 한다.

내가 지은 모든 인연이 지금 현재를 결정하듯 지금 현재 내가 짓는 업이 미래를 결정한다. 작은 공부와 수행부터 시작하여 깨달음을 향한 첫 걸음을 디뎌보자.

청정한 마음으로 착한 행위를 하고
악한 마음으로 악한 행위를 하느니라
마음이 청정한 까닭에 세계가 청정하며
마음이 더러운 까닭에 세계가 더럽게 되느니라
그러기에 우리 불법에서는 마음을 중심으로 삼으니
일체제법이 마음으로 말미암지 않는 것이 없느니라

以淸淨心 爲善業根 以不善心 爲惡業根
心淸淨故 世界淸淨 心雜穢故 世界雜穢
我佛法中 以心爲主 一切諸法 無不由心

- 『대승본생심지관경(大乘本生心地觀經)』

마음이 세계를 만드나니

한 마음이 청정하면 온 세계가 청정하다고 '심청정국토청정(心淸淨國土淸淨)'이라 말한다. 문제는, 마음만 청정하면 된다는 관념론으로 오해받기도 한다는 점이다. 그렇다면 세상의 온갖 잘못된 일도 내 마음만 바르게 하면 저절로 잘 해결될까? 이리저리 힘들게 애쓰지 않아도 마음만 잡고 있으면 될까?

여기 『대승본생심지관경』이 단호하게 말한다. 청정한 마음만으로는 아무것도 이루어지지 않는다고. 이루어지려면 반드시 행위가 있어야 한다고. 국토를 청정하게 장엄하려는 의지와 원력을 지닌 마음에서 국토를 청정하게 하려는 온갖 행동이 실천되는 것이며, 이러한 실행에 의해서 온 우주법계와 세계가 청정해지게 된다고.

그렇다면 마음의 청정은 무슨 필요가 있을까? 역시 경전에서 대답한다. 착한 마음이어야 착한 행위로 이어지며 청정한 마음이어야 청정한 행위로 이어져 세계를 청정하게 한다고. 출발할 때 이미 그 방향이 정해지니, 방향을 정하는 것은 오직 마음이라고.

보살은 다른 일을 깨닫는다 하지 않으니
오직 제 마음을 깨달을 뿐
왜냐하면 제 마음을 깨닫는 사람은
즉시 모든 중생의 마음을 깨닫게 되는 까닭이며
만약 제 마음이 청정하면
즉시 온갖 중생의 마음을 청정하게 하는 까닭이니라

菩薩不應覺於餘事 但覺自心 何以故 覺自心者 即覺一切衆生心故
若自心淸淨 即是一切衆生心淸淨故

-『대장엄법문경(大莊嚴法門經)』

제 마음을 깨달을 뿐

중생들의 괴로움은 모두가 애착(愛着)에서 출발한다. 재물에 대한 탐욕, 이성에 대한 욕정, 권력과 지위에 대한 갈망 같은 모든 욕망으로 괴롭다. 욕망이 충족되지 않아서 괴롭고, 성취한 욕망이 영원하지 않아 괴롭다. 잘못된 견해[邪見]로 무상한 세상사에 애착하기에 스스로 괴로움을 만든다. 이 모든 잘못은 밝게 알지 못하는 근본 어리석음[無明] 때문이다.

그래서 불교의 공부는 근본 어리석음을 알아채기 위한 마음공부다. 팔만대장경의 넓고 깊고 한량없는 배움의 길과 끝없는 수행의 길은 마음공부 한 가지로 귀결된다. 마음자리를 밝히면 모든 것이 다 밝아진다.

그래서 무슨 일에 종사하던 깨어있는 정신으로 자신이 하는 일을 낱낱이 지켜보고 자신의 역할을 자각해야 한다. 일상생활 언제나 마음공부를 잊지 말아야 한다. 가고 오고, 앉고 눕고, 말하고 침묵하고, 움직이고 고요한 행주좌와어묵동정(行住坐臥語黙動靜)에 언제나 마음을 챙겨 놓치지 않는 것이 마음공부다.

지극한 도는 어렵지 않네
버릴 것은 오직 차별하는 마음뿐
밉다 곱다 마음 버리면
툭 트여서 명백하리라

至道無難
唯嫌揀擇
但莫憎愛
洞然明白

-『신심명(信心銘)』

지극한 도는 어렵지 않나니

전체 146구 584자일 뿐인 『신심명』을 예로부터 많은 이들이 팔만대장경의 심오한 불법도리와 1,700공안의 격외도리(格外道理)를 모두 포함하고 있다고 격찬하고 있다. 지은 이는 선종의 3조인 승찬(僧璨) 대사이다.

세월이 흘러 송나라 때 어느 재상이 낭야혜각(瑯琊慧覺) 스님께 『신심명』을 자세하게 풀이해 달라고 부탁했다. 스님은 바로 왼쪽에 소개된 4구 16자의 첫 구절을 우선 큼지막하게 썼다. 그리고는 이어지는 『신심명』의 나머지 뒷 구절들은 모두 조그맣게 써서 주해(註解)로 붙여버렸다. 스님은 『신심명』의 핵심은 이 16자에 다 들었으니 이 구절의 뜻만 바로 알면 전체가 통한다고 본 것이다.

깨달음의 이치는 얼마나 신비로운가? 더 많이 가지거나 얻으라고 하지 않고 오직 비우고 버리라고만 가르치고 있다. 버리는 것은 누구나 할 수 있는 아주 쉬운 일, 그 속에 지극한 도가 있다.

나는 함께 놀았던 준 스님도 몰라보고 놓쳤는데
하물며 직접 보지도 못한 보인 스님이야
말할 것이 있겠는가
불교를 권장할 수 없는 환경에서도
그 도(道)를 믿고 스스로 수행한 것이 이와 같다
그렇다면 보인 스님처럼
내가 직접 보지 못한 사람이 얼마나 많겠는가

吾旣失之於同遊之緇俊 則況於未見之印公乎 無可以勸於其術
而其信道自修也如此 則其未見而如印公者何限

- 『연암집(燕巖集)』「풍악당집서(楓嶽堂集序)」

놓쳐버린 고승을 그리며

1765년 가을 연암 박지원은 친구들과 함께 금강산 일대를 두루 여행하면서 훌륭한 스님과 사귀어 글과 뜻을 나눠보려 했다.

백화암의 준(俊) 스님이 깊은 밤에 홀로 불을 밝히고 경을 공부하는 것을 보고 말을 걸었지만 준 스님은 자신이 시나 글을 아는 바가 없다며 연암의 청을 정중히 거절하였다. 실력이 부족해서 사양하는 줄로만 안 연암은 실망하고 말았다.

뒷날 연암은 풍악대사(楓嶽大師) 보인(普印) 스님의 글을 보았다. 보인 스님의 학식과 문장에 감탄하면서 만나지 못함을 아쉬워하다가 준 스님과 주고받은 시와 문장을 발견했다. 준 스님이 실제로는 보인 스님과 시와 문장을 나누는 학식과 수행이 깊은 고승임을 알고 자신의 경솔함과 오만함을 깊이 반성하며 보인 스님 문집의 서문을 지었다.

눈이 있어도 보지 못하고 들어도 알지 못한 일들이 인생에서 어디 한둘뿐이랴. 뒤늦게라도 깨닫고 반성할 기회를 가졌으니 연암은 복이 있다.

행실은 지금보다 더 위로 옮겨갈 것을 생각해야 하고
생활은 지금보다 더 아래에 있게 될 것을 생각해야 한다

行實 思連連躐上層
居養 思連連處下層

－『이목구심서(耳目口心書)』

더 큰 인격으로 살아라

조선중기 실학자인 이덕무(李德懋)는 서자의 집안에 태어나 평생을 가난하게 살며 갖은 고생을 다하였다. 지극히 곤궁한 처지였으나 스스로 마음의 맑음을 추구하고 수양하기를 게을리하지 않았다. 비록 과거조차 응시할 수 없는 서얼이었으나 부지런히 학문을 닦았다.

가난했지만 책을 빌리고 또 베껴서 수만 권의 책을 읽었다. 당대 실학자들과 깊이 교류하고 조선후기 백과전서라 할 수 있는 『청장관전서(靑莊館全書)』를 지었다.

말과 행동에서 항상 옛 성현의 모범을 따르려 함으로써 행실을 높이 가진 이덕무는 가난한 살림살이를 탓하지 않고 배고픔을 견디며 생활의 곤란을 피하지 않았다. 비록 알아주는 이 없어도 스스로 고결하게 살다가 다행히 정조 임금을 만나 늦은 나이에 규장각 검서관 직을 맡았다. 애석하게도 과로로 일찍 죽으니 정조 임금도 애통해했다.

이덕무가 지킨 행실과 생활의 태도에서는 맑고 청아한 수행자의 향기가 난다.

백 척 장대 끝에서 한 걸음 더 나아가라
시방세계와 나는 한 몸이 되리

百尺竿頭進一步
十萬世界是全身

-『선문염송(禪門拈頌)』

놓을 수 있어야 장부로다

백범 김구 선생은 동학 봉기가 실패한 뒤 안중근 선생의 아버지인 안태훈 진사의 집에 숨어 요양했다. 그곳에서 만난 고능선 선생은 백범에게 "가지를 잡고 오르는 것은 누구나 할 수 있는 것이되 벼랑에서 잡은 가지마저 놓을 수 있는 사람이 가히 장부로다[得樹攀枝無足奇 懸崖撒手丈夫兒]."라며 과단성을 기를 것을 당부했다. 백범은 고능선 선생을 평생의 스승으로 생각하며 가르침을 『백범일지』에 기록했다.

고 선생이 하신 말씀은 『금강경오가해』의 야부(冶父) 송(頌)의 두 구절이다. 백 척 장대 끝에서 한 걸음 더 나아가라는 화두의 정신과 같지 않은가?

평생 쌓아온 그 무엇에 매달려 손을 놓지 못하는 한 중생일 수밖에 없다. 번뇌와 욕망, 집착과 미련이 나를 중생으로 만든다. 대장부가 되려면 놓아야 한다. 탁 놓아버리는 순간 온 우주와 하나가 된다.

골짜기를 흘러내리는 얕은 개울은
부딪치고 굽이치며 소란스레 흐르지만
바닥 깊은 큰 강물은 소리 없이 흘러가네

taṃ nadihi vijānātha sobbhesu padaresu ca:
sanantā yanti kussobbhā, tuṇhī yāti mahodadhi

- 『숫타니파타(Suttanipāta)』 3장 제11 「날라카숫타(Nālaka sutta)」

큰 강물은 소리 없이 흐르나니

센터를 이용하는 어르신에게 간식을 판매하고 동전을 교환해주는 '시나브로'가 나의 첫 근무처였다. 취급하는 물건이 자잘해서인지 아침부터 저녁까지 별것 아닌 일로도 자주 시비가 벌어졌다. 달걀 껍질이 잘 까지지 않는다는 불만처럼 하찮은 일로 시작된 다툼도 자주 일어나면 피곤한 법이다. 그곳에서 근무하시는 어르신들도 잦은 시비에 시달리다보니 여러 가지 자잘한 불만들이 있었다. 그렇지만 그 중 한 분은 언제나 말없이 점잖게 근무를 하시며 시비에 관여하지 않았다.

언젠가 센터 사무실에 이름 모를 어르신이 검은 비닐봉지 7개를 건네주시며 직원들이 수고하니 나누어 먹으라며 주고 가셨다는 이야기가 들렸다. 그 안에는 초코파이, 우유, 과자 등 오후의 출출함을 달랠 수 있는 간식이 들어 있었다. 맛있게 잘 먹은 직원들이 누가 주신 것인지 알아보려 해도 알 수 없었다. 그 뒤로도 여러 번 같은 일이 반복되었지만 어떤 어르신이 주고 가셨는지 도통 알 수 없었다.

언젠가 어느 어르신이 센터에 당구대를 기증하셨다. 이 분은 곧 알려졌는데 시나브로에 함께 근무하는 '이○○' 어르신이셨다. 짐작했겠지만 사무실에 오후 간식을 주고 가신 분이 바로 이분이셨다. 눈치 없이 아는 체를 하고 말씀을 드렸더니 겸연쩍으셨던지 더 이상 검은 비닐봉지를 볼 수 없었다. 그리고 나는 곧 시나브로를 떠나 다른 부서로 이동하여 근무하게 되었다. 그 뒤로도 어르신은 여전히 시나브로에서 근무하셨다. 혹 그 앞을 지날 때면 볼 때마다 반가운 인사를 나누곤 하였다.

어느 날, '이○○' 어르신이 시나브로 근무를 마치고 집으로 가는 길에 쓰러져 병원으로 후송되셨고 결국 돌아가셨다는 이야기를 들었다. 센터 직원이라는 위치가 아니라면 평소 차라도 함께 마시며 이야기를 나누고 싶었던 만큼 마음이 가는 어르신이었는데 그럴 기회도 없이 돌아가셨단 이야기를 듣고 오랫동안 마음에 아쉬움이 남았다.

요즘도 가끔 '이○○' 어르신을 떠올리곤 한다. 깊은 강물은 소리 없이 흐른다는 경전의 말씀처럼 자신을 내세우지 않고 항상 말 없이 일을 하셨다. 아직 얕은 개울에 불과한 나는 언제야 어르신처럼 깊은 강물 같은 모습을 할 수 있을까?

서울노인복지센터 임영미 사회복지사

때를 맞추는 보시에 다섯 가지가 있느니라
어떤 다섯 가지인가
첫째는 멀리 떠나는 사람에게 보시하는 것이요,
둘째는 멀리서 오는 사람에게 보시하는 것이며,
셋째는 병자에게 보시하는 것이요,
넷째는 걸식해 얻지 못할 때에 보시하는 것이며,
다섯째는 처음 나온 과일과 채소와 곡식을
먼저 계율을 지키며 정진하는 이에게 준 뒤에
자기가 먹는 것이니라
비구들이여,
이것이 이른바 때를 맞추어 주는
보시의 다섯 가지라 하느니라

- 『증일아함경(增一阿含經)』「선취품(善聚品)」

나눌수록 커지는 기쁨이니 3

욕망은 슬픔을 낳고
욕망은 두려움을 낳는다
욕망으로부터 해탈한 사람에게
어찌 슬픔과 두려움이 있으랴

貪欲生憂
貪欲生畏
無所貪欲
何憂何畏

- 『법구경(法句經)』

슬픔과 두려움은 어디에서 오는가

사위성에 아직 부처님의 가르침을 받아들이지 않은 바라문 농부가 살았다. 하지만 부처님께서는 그가 깨달음을 얻을 인연임을 아시고 자주 찾아가 대화를 나누셨다.

자신이 불교 신자가 아닌데도 부처님께서 친절하게 대해 주시는 것을 고마워한 농부는 벼가 익으면 첫 수확을 부처님께 제일 먼저 바치겠노라 약속했다. 모든 것을 아시는 부처님은 미소 지으며 대답하지 않으셨다.

가을이 되어 벼가 익었다. 그런데 수확하기 바로 전날 밤에 엄청난 폭풍우가 몰아쳤다. 애써 농사지은 곡식이 모두 홍수에 휩쓸려가자 농부는 농사를 망친 것은 물론 부처님께 햇곡식을 바치지 못한 것을 슬퍼했다

이때 부처님께서 바라문 농부를 방문하셨고, 농부는 홍수에 대해 말씀드렸다. 그러자 부처님께서는 그 농부에게 말씀하셨다.

"바라문이여, 그대가 겪고 있는 슬픔의 원인이 무엇인지 그대는 아직도 잘 모르리라. 그러나 여래는 그 원인을 아나니, 그대에게 일어난 슬픔과 두려움은 바로 욕망 때문이니라."

비록 백 년을 살지라도
참된 도를 모른 채 살아간다면
부처님의 참된 가르침을 배워
하루를 바르게 사는 것만 못하니라

若人壽百歲 不知大道義
不如生一日 學推佛法要

-『법구경(法句經)』

자식이 죽은 고통을

사랑하던 외아들이 세상을 떠나자 젊은 어머니는 슬픔에 겨워 미쳐버렸다. 차갑게 식어버린 아들을 안고 아무나 붙들고 자식을 살려 달라고 하소연하였다.

누군가가 이 미친 여자에게 부처님을 찾아가라고 일러주었다. 부처님은 불쌍한 여인의 애원을 듣고는 이렇게 말씀하셨다.

"여인이여, 겨자 씨앗만 있으면 이 아이를 살릴 수 있겠다. 그러니 마을에 가서 겨자씨 몇 알만 얻어오너라. 다만 한 번도 사람이 죽어간 적이 없는 집에서만 얻어 와야 한다."

젊은 어머니는 서둘러 마을로 달려갔다. 그러나 사람이 죽지 않은 집은 어디에도 없었다. 세상의 모든 가정은 사랑하는 이들을 잃으며 살고 있었다.

결국 겨자씨를 구하지 못한 채 빈손으로 돌아온 그녀는 부처님의 고요한 모습을 접하는 순간 비로소 말씀의 뜻을 깨달았다. 모든 중생은 태어난 이상 죽을 수밖에 없다는 것을. 마치 꿈에서 깨어나듯 정신을 차린 어머니는 어린 아들의 차디찬 주검을 땅에 묻고 부처님에게 귀의하여 제자가 되었다.

경을 들으면 귀를 거친 인연이 있고
따라 기뻐한 복도 짓게 되리니
물거품 같은 이 몸은 다할 날이 있지만
진실한 행동은 헛되지 않으리
경을 보되 자기 마음속으로 돌이켜봄이 없다면
비록 팔만대장경을 다 보았다 할지라도 소용이 없으리

聽經 有經耳之緣 隨喜之福
幻軀有盡 實行不亡
看經 若不向自己上做工夫
雖看盡萬藏 猶無益也

- 『선가귀감(禪家龜鑑)』

마음으로 돌이켜 경을 보라

사랑스런 말을 하면 누가 가장 먼저 영향을 받을까? 사랑스런 마음을 낸 내가 먼저 기쁘고 내 귀가 먼저 들으니 내가 먼저 즐겁다.

부처님의 마음이 선(禪)이 되고 부처님의 가르침이 경(經)이 되었으니 경을 읽음으로 내가 부처님의 마음을 품고 부처님의 소리를 낸다.

경을 볼 때는 소리 내어 읽어도 좋고 눈으로만 보아도 좋다. 다만 수행으로 경을 볼 때는 이 경전 저 경전을 오가지 말고 하나의 경전을 오랫동안 마음으로 읽어야 한다. 오로지 자신을 향상하는 수행으로 경을 읽으니 내 마음은 언제나 진실한 자리에 돌아간다.

상근기는 참선을, 중근기는 간경을, 하근기는 염불을 수행하라는 말은 수행에 높고 낮음이 있다는 말이 아니다. 바른 수행에는 높고 낮음이 없음을 서산대사(西山大師)는 밝혔다. 참선수행을 권하는 『선가귀감』에서도 경전을 듣고 보는 중요성을 강조하고 있지 않은가.

무릇 사람이 천지의 귀신을 섬긴다 해도
그 부모에 효도함만 못한 것이니
부모야말로 최고의 신이기 때문이니라

凡人事天地鬼神
不如孝其親
矣二親最神也

- 『사십이장경(四十二章經)』

부모야말로 최고의 신

세상의 어떤 즐거움도 언젠가는 다할 때가 있다. 이것이 윤회하는 중생의 숙명이다. 그렇기 때문에 지극한 효도는 물질적 봉양을 넘어서서 깨달음의 길로 인도하는 것이어야 한다.

더욱이 금생에 낳아준 일생부모(一生父母)만 부모님이 아니다. 윤회하며 만난 모든 부모인 다생부모(多生父母)가 효도해야 할 부모님이다. 『본사경』에서는 효도하는 이가 받는 선한 과보를 다음과 같이 말한다.

"만약 모든 중생이 그 부모를 충심으로 존중하며
예배하여 섬기고 존경하며 사랑하는 마음을 가지고
가까이하여 살아간다면,
이런 사람은 무량한 복을 낳으며,
온갖 지혜 있는 이들이 다 칭찬하여 명예가 널리 들리며,
여러 사람 속에 있어도 두려움이 없고,
죽은 뒤에는 좋은 세상에 태어날 것이다."

착한 벗을 가까이하면 신심(信心)을 얻으니
신심은 보시[施]와 그 과보를 믿음이며
선(善)과 그 과보를 믿음이며 악과 그 과보를 믿음이며
생사의 괴로움이 무상(無常)하여 무너짐을 믿음이니라
이것을 믿음이라 하느니라

親近善友　則得信心
是信心者　信施施果
信善善果　信惡惡果
信生死苦　無常敗壞
是名爲信

-『대반열반경(大般涅槃經)』

믿는 마음이란

좋은 벗이란 나를 좋은 길로 인도하는 사람, 훌륭한 스승이란 나를 향상시켜 주는 사람이다. 인생에 단 한 사람이라도 바른 깨달음의 길로 인도하는 친구를 만날 수 있다면 깨달음은 멀지 않다. 부처님은 그런 친구야말로 동이 터오는 것처럼 깨달음의 전조와 같다고 가르치셨다.

또 야운 스님은 「자경문」에서 이렇게 말했다.

"다만 좋은 벗을 사귀고 나쁜 벗과는 사귀지 말지니라.
새가 쉬려고 할 때는 반드시 숲을 고르고, 사람이 배우고자 할 때는 스승과 벗을 고르나니, 숲 속의 나무에 잘 깃들면 머무름이 편안하고, 훌륭한 스승과 벗을 만나면 배움이 높아지느니라."

유유상종이라고 했으니, 내 친구의 수준은 바로 나의 수준이다. 내가 올바르지 않으면서 주변만 올바르기를 바랄 수는 없는 일이다. 그러므로 좋은 친구를 사귀려고 노력함은, 한 걸음 더 나아가 스스로가 주변 사람들에게 좋은 친구가 되려는 노력이어야 한다.

음식이 맛있다고 과식하지 말고
오직 기운을 차리는 데 그쳐야 하리

亦不以美故過量而食
惟以資益氣力

- 『대아미타경(大阿彌陀經)』

되도록 조금만 먹자

세계 정상급 수영선수는 하루 15,000칼로리 이상을 먹어야 한다. 보통 사람의 5-6배에 달하지만 가혹한 훈련을 견디려면 어쩔수 없다. 한창때의 수영선수처럼 기혈이 왕성할 때는 많이 먹어도 몸이 다 소화한다. 그러나 나이가 들어가면서 몸의 소화흡수 능력이 약해진다. 같은 양을 먹어도 다 소비하지 못하니 남은 것은 살로 간다. 지방으로 축적되니 성인병이 걱정이다.

『니건자경』에서 말하길, "밥을 지나치게 먹는 사람은 몸이 무겁고 게을러져서 현세에서나 내세에서나 몸이 고통스럽다. 졸음이 많아 스스로 고생할 뿐 아니라 남까지 괴롭혀서, 미혹하고 번민하여 깨닫기 어렵다. 이런 사람은 곧 먹는 양을 잘 헤아리도록 해야 할 일이다."라고 한다.

그렇다면 얼마나 먹어야 할까? 스승들은 배를 꽉 채우지 말라고 했다. 공부하고 건강하려면 배를 조금 비워야 한다. '두량 족난 복팔분(頭涼 足煖 腹八分)'이란 격언이 전해지는데, 머리는 시원하게, 발은 따뜻하게, 배는 가득 채우지 말고 80%만 채우라는 말이다.

온갖 중생이 병들어 있으므로
나도 병이 들었습니다
만약 모든 중생이 병에서 벗어나면
내 병도 즉시 사라질 것입니다

以一切衆生病 是故我病
若一切衆生 得不病者 則我病滅

-『유마경(維摩經)』

중생이 병들면 보살도 병들고

부처님의 명을 받아 지혜제일 문수보살이 병문안을 왔다. 유마 거사는 병문안 온 문수보살에게 '중생이 병들어 자신도 병이 들었다'고 말한다. 『유마경』의 도입부이면서 핵심이다. 이 말을 통해 중생의 괴로움을 버리고 자기 혼자만 깨달아서는 행복할 수 없다는 대승불교의 중심 사상을 선언하였다.

출가자가 아닌 재가거사인 유마 거사를 주인공으로 삼음으로써 『유마경』은 경전 가운데 특별한 자리를 차지한다.

"보살은 중생을 위하기에 세상에 거듭 태어나는 것이며, 세상에 태어나는 한 병이 따르기 마련입니다. … 보살은 중생을 친자식같이 사랑하므로, 중생이 병들면 보살도 병들고 중생의 병이 나으면 보살도 병이 낫게 됩니다. 보살은 큰 자비심 때문에 중생의 병에 함께 걸린다는 것을 알아야 합니다."

여래가 이 세상에 나타난 까닭은
이처럼 불행하고 돌볼 이 없는 사람을 구하고자 함이니
병들거나 여윈 출가수행자와 모든 가난한 이,
부모 없거나 의지할 곳 없는 불쌍한 이와 노인에게 베푼다면
복덕은 무량하고 소원은 성취되어
모든 큰 강처럼 복이 흘러와 공덕이 쌓여
마땅히 깨달음을 얻으리라

如來所以出現於世 正爲此窮厄無護者耳 供養病瘦沙門道士及 諸
貧窮 孤獨老人 其福無量 所願如意 譬五河流福來 如是功德漸滿
會當得道

-『법구비유경(法句譬喩經)』

부처님이 세상에 나신 까닭은

현제(賢提)라는 나라에 늙고 병들어 쇠약해진 비구스님이 있었다. 병으로 오래 시달려 수척해진 스님은 스스로를 돌볼 기력조차 없었다. 여위고 더러운 몰골로 절에 누워 있었지만 간호하는 사람이 아무도 없었다.

늙은 비구스님의 처지를 신통으로 아신 부처님께서는 5백 명의 비구를 이끌고 절을 찾았다. 부처님은 여러 비구들에게 병든 비구스님을 간호하고 죽도 만들어 식사 시중을 들도록 하셨다. 하지만 비구들은 부처님의 말씀을 제대로 따르지 않았다. 병자의 방에서 나쁜 냄새가 난다며 들어가기를 꺼리고, 목욕과 빨래는 물론 식사 시중도 제대로 하지 않았다.

부처님께서는 더 이상 젊은 비구들에게 시키지 않고 천신(天神)의 도움을 받아 더운 물로 친히 병든 비구의 몸을 씻어주었다. 지극히 존귀하신 부처님께서 몸소 병자를 돌보는 거친 일을 하는 것을 본 국왕과 제자들은 모두 놀라며 부끄러움을 감추지 못했다.

어머니가 하나뿐인 자식을 목숨 바쳐 지키듯
그처럼 모든 살아있는 존재에 대해
한없는 자비의 마음을 일으켜라

또한 온 세상에 무한한 자비의 뜻을 펼쳐라
위로 아래로 또한 옆으로 막힘없이
원한도 적의도 없는 자비를 행하라

앉으나 서나, 누우나 걸어가나, 잠들지 않는 한
자비의 마음가짐을 굳게 가져라
이것이야말로 자비의 숭고한 경지[梵住]라 부르노라

- 『숫타니파타(Suttanipāta)』

목숨 바쳐 자식을 지키듯

신라 40대 애장왕 때 황룡사에 정수(正秀) 스님이 계셨다. 매섭게 추운 겨울날 절을 나섰다가 밤이 되어 돌아오던 중에 한 여자 거지가 아이를 낳고는 누워 얼어 죽게 된 것을 보았다.

차마 그냥 지나칠 수 없어 불쌍한 거지를 안아 손발을 주무르며 체온으로 언 몸을 녹여주었다. 여자가 겨우 살아나자 자신의 옷을 모두 벗어 덮어주고 벌거벗은 채 절로 달려와서 거적으로 몸을 덮고 덜덜 떨며 밤을 새웠다.

그날 밤 왕궁 하늘에 하늘의 외침이 있었다.

"황룡사의 정수 스님을 마땅히 임금의 스승으로 봉하라."

사신이 정수 스님을 찾아 자초지종을 알아보고 보고하자 왕은 크게 감동하여 스님을 국사로 봉하고 받들었다.

비록 『삼국유사』의 짧은 일화지만 감동은 크고 강렬하다. 비록 내가 한 선행은 아니지만 선한 일에 감동받는 마음, 내가 하지 못한 선행에 대한 부끄러움이 바로 자비의 작용이고 우리 마음 속 부처님의 씨앗이다.

괴로운 세상을 흘러 다니며
나고 죽음을 쉬지 않다가
다시 잠깐이라도
사람 몸을 받아 태어나기란
눈먼 거북이가 널빤지 구멍에
머리를 내미는 것보다 어렵도다

五趣漂流 輪迴不息
所以衆生想要暫得人身
更難於盲龜値遇浮木

–『잡아함경(雜阿含經)』

눈 먼 거북이가 나무 구멍을 만나듯

지구상에는 1천만~3천만 종의 동식물이 살고 있을 것으로 추정한다. 1억 종 이상일 것이라는 학자도 있다. 이 가운데 이름이 붙여진 생물종은 겨우 2백만 종에 불과하다. 인류는 그 가운데 하나일 뿐이다.

단순 확률로 따진다면 지구상에서 인간으로 태어난다는 일 자체가 기적이다. 우주 한 귀퉁이의 지구라는 작은 별에 태어날 확률, 최소 1천만 가지 이상의 생명 가운데 하나로 태어날 확률, 다시 60억 인류의 하나로 태어날 확률 ….

그것을 부처님은 눈 먼 거북이로 비유했다. 누군가 조그만 구멍이 뚫린 널빤지를 바다에 던졌을 때, 백 년에 한 번씩 머리를 수면에 내놓고 숨을 쉬는 눈 먼 거북이가 그 구멍에 머리를 내밀 확률. 상상하기도 아득한 일이 아닐 수 없다.

사람 몸 받기만 어려운 것이 아니라 다시 부처님의 가르침을 만나기란 더욱 더 어렵다. 그토록 어려운 기회를 만났으니 열심히 노력하여 깨달음의 길로 나가야 하지 않을까?

계(戒)는 온갖 선법(善法)으로 올라가는 사다리요
또한 온갖 선법이 생겨나는 근본이니
온갖 나무와 풀이 생겨나는 근본이 땅인 것과 같느니라

戒是一切　善法梯橙
亦是一切　善法根本
如地悉是　一切樹木　所生之本

- 『대반열반경(大般涅盤經)』

청정한 계에서 온갖 바른 법이 일어나니

계를 받는 일이 수계(受戒)다. 계를 받아 잘 지키면 공덕은 무량하다. 하지만 살다보면 더 이상 계를 지킬 수 없는 불가피한 상황에 처할 때가 있다. 이때 받은 계를 반환하는 일이 환계(還戒)다.

국민 대다수가 불교인인 태국이나 미얀마 같은 나라에서는 일생에 한 번 출가하는 풍습이 있다. 가족은 큰 잔치를 벌이고 이웃은 축하한다. 그때 출가하여 계를 받고 절에서 생활하다가 일정 기간이 지나면 다시 가족에게 돌아온다. 입었던 승복을 반납하고 받아 지켰던 계를 반환하는 환계 의식을 치름으로써 사회인으로 돌아간다. 출가하는 것이 자유의지이듯 환계하는 것도 비난받지 않는다.

비록 도중에 반환하더라도 한때 계를 지켜 청정하였으니 그 공덕은 크고 높다. 범어로 계(戒)를 '실라(śīla)'라고 하는데 뜻은 '습관'이다. 행위가 거듭되면 습관이 되고 습관은 무의식중에라도 실천으로 이어진다. 그러므로 계율을 지키면 바른 행위가 습관이 되어 바르고 깨끗한 삶을 살게 된다. 사다리를 타고 오르듯 보다 높은 깨달음의 세계로 쉽게 이르게 된다.

불법의 바다에 들어가는 데는
올바른 믿음이 근본이 되고
생사의 큰 강을 건너는 데는
계가 배나 뗏목이 되리

入佛法海 信爲根本
渡生死河 戒爲船筏

-『대승본생심지관경(大乘本生心地觀經)』

생사의 큰 강을 건널 때 청정한 계행만이

불교를 믿는 이유에 대해 『아비담비바사론(阿毘曇毘婆沙論)』에서는 이렇게 말한다. "중생에게 진리를 밝히셨으므로 먼저 부처님(佛)을 믿는다. 열반의 완성에 이르게 하므로 가르침(法)을 믿는다. 좋은 동반자와 같으므로 거룩한 스승(僧)을 믿는다. 인간이 지켜야 할 바른 도리와 같으므로 계(戒)를 믿는다."

망망대해를 노 젓는 힘만으로 가지는 못한다. 순조롭게 불어주는 바람이 필요하다. 그렇지만 탐내는 마음, 성내는 마음, 어리석은 마음 같이 바르지 못한 마음과 행동은 깨달음으로 향하는 안전한 항해를 방해하는 역풍과도 같다. 바르지 못한 생각과 행동은 거센 풍랑과도 같이 생사의 큰 바다를 거칠게 어지럽힌다. 오직 청정하고 바른 계(戒)를 자신의 의지처로 삼을 때 순풍을 만나 돛을 높이 단 배처럼 빠르게 도달할 수 있다.

옛 부처님 나시기 전
의젓한 동그라미
석가도 알지 못하니
어찌 가섭이 전하리

古佛未生前
凝然一相圓
釋迦猶未會
迦葉豈能傳

- 『선가귀감(禪家龜鑑)』

어찌 전하랴

절 대웅전 기둥 주련에서 자주 만나는 구절이다. 중국 송대의 자각(慈覺) 선사가 일원상(一圓相)을 두고 지은 게송인데 뒤에 참선 수행자들에게 중요한 화두가 되었다. 서산대사(西山大師)가 지은 『선가귀감』도 앞부분에 이 화두를 인용하고 있다.

일원상이란 동그라미다. 직선은 시작과 끝이 있지만 동그라미는 시작도 끝도 없는 무시무종(無始無終)의 모양이다. 때문에 영원성과 완전성을 상징하여 참된 진리, 혹은 깨달음에 비유해왔다.

위산 스님이 향엄 스님에게 '부모에게 태어나기 전 본래 나는 누구인가[父母未生前 本來面目]?'를 물었다. 향엄 스님이 온갖 책을 다 뒤져보았으나 답을 찾지 못했다. 스승인 위산 스님은 결코 답을 알려주지 않았다. 절망하던 향엄 스님은 기와 조각이 대나무에 부딪치는 소리에 문득 깨달아 스승의 은혜에 감사했다.

'부모미생전(父母未生前)'이나 '고불미생전(古佛未生前)'이나 같은 이야기이다. 그렇지 않은가? 참 진리는 부모가 없어도, 부처님이 없어도 본래 참인 것을.

보는 바가 넓으니
세운 뜻이 우뚝하게 높도다
증험한 바가 뚜렷하니
지키는 바도 확고하도다

所見者廓然
則所立者卓然矣
所驗者灼然
則所守者確然矣

- 『익재집(益齋集)』

훌륭한 인물의 기준은

곡식이야 됫박으로 잰다지만 사람의 크기는 무엇으로 가늠할 수 있을까? 하물며 세속의 권력이나 재물과는 거리를 둔 출세간의 수행자가 성취한 도의 높이를 어떻게 말할 수 있을까?

고려말 문인 익재(益齋) 이제현(李齊賢)이 제시하는 기준은 둘이다. 보는 바 견해[所見]와 이룬 바 경지의 증험[所驗]이다.

호공 스님이 정혜사(定慧社)를 책임지게 되었다. 정혜사는 보조국사 지눌 스님이 수행풍토를 혁신하고자 결사를 제창한 곳이니 나라의 중요한 사찰이다. 스님의 도가 깊음을 전해 들은 임금이 특별히 정혜사로 보낸 것이다.

여러 사람이 스님을 배웅하는 시문을 지어 책을 엮었다. 책의 서문을 당시 최고 문장가인 익재 이제현에게 부탁하니 흔쾌히 '대선사 호공을 보내며[送大禪師瑚公之定慧社詩序]'라는 서문을 써주었다. "지금 세상에 처하여 옛 사람과 짝을 지어도 넉넉히 부끄러움이 없을 만한 이는 우리 호공 대선사가 아니냐."라고 찬탄하면서.

한가로운 사이에 생겨나는 바쁜 일
바쁠 때도 생겨나는 한가로운 잠시

閒時忙得一刻
忙時閒得一刻

-『환재집(瓛齋集)』

책 읽을 시간이 없다고?

시간이 없어서 독서를 못한다는 사람은 환재(瓛齋) 박규수(朴珪壽)에게 혼이 나야 한다. 아무리 바빠도 그 사이에는 한가한 틈이 있다고 하지 않은가. 이 글은 『채근담』의 '한가할 때 바쁜 일을 대비하고 바쁠 때 한가한 일을 생각하라'는 것과 비슷하다.

박규수는 또 "전답을 사면 뱃속을 배부르게 하는 데 그치지만, 책을 사면 마음과 몸이 살찐다. 전답을 사면 배부름이 제 몸에 그치지만 책을 사면 나의 자손과 후학, 일가붙이와 마을 사람, 나아가 독서를 좋아하는 천하 사람들이 모두 배를 불리게 된다."고 하였다.

책을 읽으면 마음이 살찌는 것은 당연한데 몸은 왜 살찌는 것일까? 박규수는 실학자인 연암 박지원의 손자로써 영·정조시대 실학의 성과를 계승하였다. 백성을 배부르게 하고 나라를 부강하게 하여야 참된 학문, 실학(實學)이니 백성의 몸도 당연히 살찐다. 조선 중기 실학과 후기의 개화파를 연결하는 징검다리인 박규수의 안목은 방대한 독서에서 나왔다.

수행에 다섯 가지 문이 있어 올바른 믿음을 이루니
무엇이 다섯인가.
하나, 널리 베풀어주는 시문(施門)
둘, 청정한 계율을 지키는 계문(戒門)
셋, 참고 견디어 고난을 이겨내는 인문(忍門)
넷, 게으름과 물러남 없이 닦아나가는 진문(進門)
다섯, 지극한 수행으로 선정을 닦는 지관문(止觀門)

修行有五門 能成此信 云何爲五 一者施門 二者戒門 三者忍門 四者
進門 五者止觀門

- 『대승기신론(大乘起信論)』

수행의 다섯 가지 문

수행의 모범으로 전해지는 일화들은 인간의 경지를 넘은 듯 신비롭다. 팔을 끊어 법을 구한 2조 혜가 스님, 물구나무서서 돌아가신 중국의 등은봉 스님 등 옛사람은 물론 10년 이상을 눕거나 기대지 않고 장좌불와(長坐不臥)로 수행한 성철 스님의 일화들은 놀랍다.

이렇듯 수행이 신비화되어 어떤 특별한 행위를 해야만 하는 것이라는 생각이 퍼진 탓일까? 감히 수행을 시작할 엄두가 나지 않는다. 물론 자고 싶을 때 실컷 자고, 먹고 싶을 때 가림 없이 먹고, 남들 쉴 때 쉰다면 그것을 수행이라고 하기는 어려울 것이다.

하지만 특별해야만 수행인 것은 아니다. 평범한 보통 사람도 할 수 있는 것이 수행이다. 수행은 행(行)을 닦음(修)이요, 행이란 육체의 행, 말의 행, 생각의 행이다. 이 세 가지를 바르게 닦는 것이 수행이지 그 이외의 것은 없다. 베풀고 청정하라, 참고 견디며 열심히 정진하자. 그리하여 부처님의 큰 지혜를 증득하여 생사에 걸림 없는 대 자유인이 되자.

활쟁이는 화살을 곧게 만들고
뱃사공은 배를 바르게 저으며
목수는 나무를 곧게 다루니
어진 이는 자신을 바르게 다스려야 하리

弓工調角　水人調船　材匠調木　智者調身

－『법구경(法句經)』「명철품(明哲品)」

자신을 바르게 다스려야

어르신들이 화가 잔뜩 나셨다. 소란스런 현장을 지나던 나는 겨우 두 달 남짓밖에 되지 않은 신출내기였다. 어찌된 상황인지 알아보니 샤워 티켓을 발권하는 봉사자가 서툰 탓에 실수를 저지른 것이다. 당연히 업무가 마비되고 평소보다 길게 줄을 서서 기다리셔야 했던 어르신들께서는 화가 단단히 나셨던 것이다.

하지만 나 역시도 지나가다 만난 상황이라 어르신들이 화가 나시기 이전의 상황을 자세히 알 수가 없었다. 답답한 어르신들은 두 달밖에 되지 않은 신참 직원인 나를 알아보지 못했다. 한 어르신께서 "직원도 아니면서 거기 서 있지 말고, 가서 직원 불러와!"라고 호통을 치셨다.

순간, 속상한 마음에 "어르신, 저도 직원이에요!"라고 대답해버렸다. 말하는 순간 아차 싶었지만 이미 말을 하고 난 다음이었다. 머릿속으로는 마음을 다스리고 어르신들을 응대해야 한다고 생각했지만 쉬이 마음이 가라앉지 않았다. 다행히도 연락을 받은 동료 사회복지사가 와서 어르신들을 진정시키고 정리를 하여 상황은 일단락되었다. 그렇지만 순간의 화를 참지 못하고 어르신께 화내듯 대답한 그때 그 순간이 계속 뇌리에 남아 하루 종일 그 어르신 얼굴이 떠오르며 후회스러웠다. 어떠한 상황이 닥

치더라도 그 순간에 동요하지 않고, 스스로의 마음을 다스릴 수 있는 현명한 지혜를 가진 사회복지사가 될 수 있도록 한 발 한 발 나아가야겠다는 생각을 하게 된 날이었다.

서울노인복지센터 홍지헌 사회복지사

길이나 골목에 나무를 심어
행인이 앉아서 쉬게 하며,
못과 우물, 도랑과 물통을 만들어
모든 사람에게 제공하면
온갖 고뇌를 받지 않게 될 것이니라

－『비야바문경(毘耶婆問經)』

뒤돌아 후회 없는 삶이니 4

옳은 일을 하는 것이 깨달음의 마음이요
옳지 못한 일을 하는 것이 어지러운 마음이니라
어지러운 마음은 정을 따라 움직이다가
죽음에 이르면 업보에 끌려가지만
깨달음의 마음은 정에서 나오지 않으니
죽음에 이르러도 업보를 바꿀 수 있느니라

作有義事 是惺悟心 作無義事 是散亂心 散亂隨情轉 臨終被業牽
惺悟不由情 臨終能轉業

-「일용게(日用偈)」

옳은 일을 하는 깨달음의 마음

당나라 선종 때 재상 이훈이 모함을 받아 규봉종밀(圭峯宗密) 스님에게 도망쳐왔다. 스님은 그를 숨겨주려고 하였지만 문도들이 심하게 반대하였다. 결국 이훈은 봉장사로 도망하였다가 그곳에서 체포되어 사형 당했다.

이훈의 심문 도중에 종밀 스님에게 숨고자 했던 사실이 드러나 스님도 체포되었다. 심문이 추상같았지만 스님은 태연하였다.

"이훈과는 오랫동안 사귀어 왔으며, 우리 불법은 곤경에 빠진 자를 구해주는데, 거기에는 원래 사랑과 미움이 없는 것이다. 그리고 죽음이란 본디 내 운명일 뿐이다."

자비를 실천함은 스님의 본분이니 후회 없으며, 국법을 실천함은 관리들의 사명이니 법대로 처리하라는 당당한 태도에 관리들도 감동하여 결국 풀려났다. 감동한 사관들은 『당사(唐史)』에 이 문초기록을 실어 후세에 전했다.

규봉종밀 스님은 자신이 지은 「일용게」처럼 삶과 죽음을 초월하여 옳은 일을 하는 깨달음의 마음으로 살았다. 우리가 도를 배움은 이처럼 실천하기 위해서가 아닐까?

참(懺)이란 지나간 허물을 뉘우침이다. 전에 지은 악업인 어리석고 교만하고 허황하고 시기 질투한 죄를 다 뉘우쳐 다시는 더 일어나지 않도록 하는 것을 이름하여 참이라 한다.

회(悔)란 다음에 오기 쉬운 허물을 조심하여 그 죄를 미리 깨닫고 아주 끊어 다시는 짓지 않겠다는 결심하니 이름하여 회라 한다. 그런 까닭에 참회라 한다.

懺者 懺其前愆 從前所有惡業愚迷驕誑嫉妒等罪 悉皆盡懺 永不
復起 是名爲懺
悔者 悔其後過 從今已後所有惡業愚迷驕誑嫉妒等罪 今已覺悟
悉皆永斷 更不復作 是名爲悔 故稱懺悔

- 『법보단경(法寶壇經)』

뉘우쳐 본래 모습으로 돌아오니

육조혜능(六祖慧能) 스님은 '참회란 무엇인가?'에 대해 아주 쉽게 풀이하셨다. '뉘우치고 다짐하는 일이다. 그러므로 참회하고자 하는 이가 스스로 깨달아 실천하여야 비로소 참회가 완성된다.

천태지의 스님도 모든 수행의 기초는 업장을 닦아 맑고 고요함을 되찾는 참회에 있음을 강조하셨다. 뉘우치고 반성하는 참회를 수행으로 본격화한 것이 바로 예참(禮懺)이다. 단지 지금 잘못한 행위 하나하나를 뉘우치는 것으로 그치지 않는다. 부처님께 간절한 예를 올리며 참회함으로써 마음을 가다듬어 본래의 자기 모습을 회복해가는 엄숙한 수행의 한 과정이다.

모든 깨달음의 여정은 언제나 '지금 여기'에서 출발한다. 그리고 모든 스승님들은 지금 여기에서의 '참회'를 특히 강조했다. 모든 수행의 기초는 업장을 닦아 맑고 고요함을 되찾는 참회에 있기 때문이다. 맑아진 그 자리에 부처의 성품이 드러나니 참회는 저 높은 깨달음을 향한 정진이다.

삶이란, 한 조각 구름이 일어남 같고
죽음이란, 한 조각 구름이 사라짐 같구나

生也一片浮雲起
死也一片浮雲滅

– 『석문의범(釋門儀範)』

삶은 한 조각 떠도는 구름

룸비니 동산에 태어난 아기 부처님은 동서남북으로 일곱 걸음을 걸으셨다. 고통 속에 윤회하는 여섯 가지 중생세상(지옥, 아귀, 축생, 수라, 인간, 하늘)을 뛰어넘는 마지막 일곱 번째 발걸음을 내딛으신 것이다.

"나는 모든 것을 아는 자요(一切知者), 모든 것을 이긴 자로다(一切勝者)."라는 부처님 말씀도 룸비니 동산의 일곱 걸음을 다시 확인한 선언에 지나지 않는다. 최고의 지혜를 얻어 중생 삶의 괴로움을 이기고, 번뇌와 업장의 굴레에서 벗어나며, 삶과 죽음의 윤회를 끊어내었음을 밝힌 것이기 때문이다.

깨달은 이의 눈으로 중생의 삶과 죽음을 보니 중생들은 뒤집어진 헛된 생각으로 거짓된 자신을 본래 자신으로 착각하고 있었다. 정신 차리고 착각에서 깨어나라고 언제나 일러주고 계신다. 삶이라 생각한 것도 한 조각 구름일 뿐이며, 죽음이라고 생각하는 것도 역시 한 조각 흩어지는 구름이라고.

비록 장수하여 백 년을 살지라도
부처님의 바른 가르침을 알지 못한다면
하루도 못 채우고 아침나절에 스러져도
최고의 진리를 아는 것만 못하니라

雖復壽百歲
不知生滅事
不如一日中
曉了生滅事

– 『법구경(法句經)』

불효한 자식에게 의지하기보다

아버지가 세상을 떠나자 어머니는 재산을 골고루 나눠주었다. 하지만 효도하겠다던 자식들은 재산을 받은 뒤 늙은 어머니를 외면했다. 큰며느리는 자신도 다른 형제와 똑같이 받았을 뿐인데 왜 혼자 모셔야 하냐며 불평을 늘어놓았다. 견디다 못해 둘째에게 갔지만 마찬가지였다. 아들은 물론 딸들도 노골적으로 귀찮아하여 어머니는 마음에 큰 상처를 입었다.

마침내 자식들에게 의지하기를 포기한 어머니는 수행자가 되었다. 다른 스님들은 어머니를 자녀(뿌띠까)가 많았다(바후)며 '바후뿌띠까'라고 불렀다. 부끄러운 일이었다. 많은 자식은 자랑이 아니라 오히려 상처였다.

바후뿌띠까는 늙어 출가했으니 수행할 시간이 얼마 남지 않았다며 남보다 더 열심히 수행에 몰두했다. 밤을 새워가며 열심히 수행하는 것을 신통으로 보신 부처님은 어느 날 밤 광명과 함께 나타나 격려하셨다.

"설사 백 년을 산다 해도 여래의 가르침을 의지하여 수행하지 않는 사람의 삶은 아무 의미가 없느니라."

바른 믿음을 지켜 가정이 화평하고 편안하면
현세에 경사가 있고 복이 저절로 좇아오리니
복이란 행위에 따르는 과보(果報)일 뿐
결코 신(神)이 내려 주는 것이 아니다

有能守信 室內和安
現世有慶 福追自然
行之得報 非神授與

- 『아난문사불길흉경(阿難問事佛吉凶經)』

바른 믿음으로 가정이 화평하면

팔리어 경전 『숫타니파타』에서도 위없는 행복이란 무엇인지 다음과 같이 말한다.

"부모를 섬기는 것, 처자를 사랑하고 보호하는 것, 일에 질서가 있어 혼란하지 않는 것, 이것이 위없는 행복이다.
보시와 이치에 맞는 행위와 친척을 사랑하고 보호하는 것과 비난을 받지 않는 행위, 이것이 위없는 행복이다."

가정이 화평하고 편안할 때 재가자들은 가장 행복하다. 가정의 화평은 내가 주체적으로 노력하고 실천할 때 비로소 이룰 수 있다. 내가 노력하지 않는데 다른 누군가가 내 가정을 행복하게 만들 수 없는 것이다. 설사 신이라고 할지라도 말이다.

사람들이 사랑하고 바라는 것은 건강과 평온과 장수이며
또 세 가지 원수와 같은 적이 있으니
첫째, 늙음이니 건강한 삶의 적이요
둘째, 질병이니 평온한 삶의 적이요
셋째, 죽음이니 장수의 적이니라
이 피치 못할 괴로움에서 벗어나는 데도 세 가지가 있으니
부처님께 귀의하고 가르침에 귀의하고 청정한 수행자에게
귀의하는 일이니라

人之所愛 常欲得之 一者强健 二者安隱 三者長壽 如是復有三怨
一者年老 是强健怨 二者疾病 是安隱怨 三者身死 是長壽怨 亦有
三救 一者歸命佛 二者歸命法 三者歸命比丘僧

- 『아함구해십이인연경(阿含口解十二因緣經)』

건강과 평안과 장수

불법승 삼보에 귀의하는 이유는 사람마다 다르지만, 귀의하여 얻는 보답은 다르지 않다. 지혜로운 삶과 바른 실천을 행한다면 이루어지지 못할 소망이 어디 있으랴? 그것으로 끝이 아니다. 암베드까르는 개인의 소망을 넘어서 인간답게 사는 사회적 삶까지 불교에 있음을 발견했다.

독립 인도의 초대 법무부장관이며 인도 헌법을 기초한 암베드까르는 불가촉천민으로 태어나 멸시받고 박해받았다. 그는 오랜 고민 끝에 카스트제도로 인간을 차별하는 힌두교를 거부하고 희망의 종교로 불교를 선택했다. 그가 불교를 선택한 이유는 첫째, 불교는 인도에서 발생하였고, 둘째, 보편적인 진리를 가르치는 세계적인 종교이며, 셋째, 지혜·자비·선정이라는 가치는 다른 종교에서 찾아볼 수 없다고 보았기 때문이다.

인도 땅에서 거의 사라졌던 불교는 암베드까르에 의해 새 생명을 얻었다. 그가 직접 참석해서 개종시킨 인구는 75만 명. 1956년 12월 7일부터 1957년 2월 10일까지 개종한 총 인원은 400만 명이 넘는다. 그가 머리 숙여 삼보에 귀의함으로써 인도의 불교는 되살아나고 불가촉천민은 희망을 찾았다.

재산을 넷으로 나눠
하나는, 투자하여 가업(家業)을 풍족케 하고
하나는, 생활에 부족함 없도록 넉넉히 공급하고
하나는, 불쌍한 이웃에게 베풀어 다음 생의 복을 닦고
하나는, 친척들과 오가는 나그네를 구제하라

皆分爲四 一分財寶 常求息利 以贍家業 一分財寶 以充隨日 供給所
須 一分財寶 惠施孤獨 以修當福 一分財寶 拯濟宗親 往來賓旅

-『대승본생심지관경(大乘本生心地觀經)』

현세의 생활과 내세의 복을 함께

부처님은 바른 업을 짓는 방법을 재가자에게 가르쳤다. 욕망을 버리고 베풀고 살며, 계를 지킴으로써 청정하게 살라는 가르침이다. 어찌 생각하면 참 별것 아닌 이야기다. 너무나 쉬워 보인다. 하지만 이대로 실천하며 사는 것이 쉬운 일은 아니다. 당장 있는 대로 다 보시할 수 없지 않은가?

재가자는 경제생활을 해야 한다. 가족을 부양하고 이익을 얻기 위해 투자해야 한다. 아무것도 가지지 않는 무소유의 수행자처럼 살 수는 없다. 그래서 재자가가 따를 경제윤리를 부처님께서 말씀하셨으니 재산을 필요한 항목으로 나눠 관리하라는 것이다.

일부는 투자하여 가정경제가 계속 유지되게 하여야 한다. 또 생활하는 데 필요한 돈, 미래를 준비하기 위한 돈, 어려운 이웃을 돕기 위한 돈으로 적절하게 나누어 사용하라고 부처님은 말씀하셨다. 불쌍한 이웃과 나그네를 위한 몫이 둘이나 되니 이웃을 위해 복을 지어 나와 가족이 행복한 사회가 만들어질 것이다.

하나, 술 마실 때 친구
둘, 노름할 때 친구
셋, 방탕함을 함께 하는 친구
넷, 유흥할 때 어울리는 친구
이것이 네 가지 나쁜 친구니라

一者飮酒時爲友 二者博戲時爲友 三者婬逸時爲友 四者歌舞時爲
友 是爲惡友親四事

-『장아함경(長阿含經)』

어떤 친구가 되려는가

나쁜 친구와 함께 하면 잠시는 즐겁다. 하지만 술, 도박, 방탕한 유흥의 짜릿한 즐거움에 취하면 결국 자신을 망칠 뿐이다. 그래서 나를 향상시켜주는 친구를 지혜의 눈으로 가려야 한다.

참다운 진리를 추구하는 구도자로서의 친구가 선우(善友)다. 남편과 아내를 인생을 함께 가는 반려자라고 하듯이 그런 친구는 깨달음의 길을 함께 가는 도의 반려자 즉, 도반(道伴)이다.

좋은 친구를 가려 사귐도 중요하지만, 내가 좋은 친구가 되기 위해 노력하는 것도 중요하다. 내 친구는 어떠한가 하고 생각하기 이전에 나는 다른 이들에게 어떠한 존재인가를 먼저 생각하여야 한다. 잠시 즐거운 친구가 아니라 함께 복을 짓는 좋은 친구가 되자.

좋은 약을 가려 쓰며 부지런히 움직여
환자보다 먼저 일어나고 뒤에 잠들고
항상 기쁜 말을 나누고 잠을 잘 관리하고
식사를 적절하게 주어 음식 욕심 없게 하고
병자를 위해 법을 설하여라
비구가 이러한 다섯 가지 방법으로
자상하게 돌본다면 낫지 않을 사람이 없을 것이니라

分別良藥 亦不懈怠 先起後臥 恒憙言談 少於睡眠 以法供養 不貪
飮食 堪任與病人說法 是謂識比丘 以此五法 膽視病人未曾有不差
者

-『분별공덕론(分別功德論)』

다섯 가지로 병자를 돌보라

인간에게 병이 없다면 고통도 없을 것이다. 병이 없어 고통이 없다면 부처님의 가르침도 필요가 없다. 문제가 없는 사람에게 해답이 필요 없기 때문이다. 하지만 사람은 모두 늙음과 죽음, 갖가지 잘못 되는 일로 고통받는 병자다.

누가 참으로 병자를 즐거운 마음으로 돌볼 수 있을까? 병자의 몸을 내 몸처럼 생각할 수 있는 사람이다. 남의 몸을 내 몸처럼 생각할 수 있는 사람은 내 몸만을 아끼는 이기적인 생각을 지운 사람이고, 내 몸에 대한 집착을 지운 사람은 우주의 몸, 즉 법신(法身)을 자기 몸으로 삼은 사람이다.

우리 몸에 생기는 병은 음식이나 몸가짐을 조절하지 못해 생기는 현세실조병(現世失調病)과 과거에 저지른 온갖 악업의 결과가 현세의 질병이라는 과보로 나타나는 선세행업병(先世行業病)의 두 가지로 나눌 수 있다. 좋은 약과 돌봄만이 아니라 부처님의 가르침으로 참 진리를 알게 하여야 모든 병을 근원부터 다스릴 수 있다.

하나를 심으니 열을 낳고, 열을 심으니 백을 낳고,
백을 심으니 천을 낳고, 만을 심으니 억을 낳는 것처럼
오늘의 선행으로 진리의 도(道)를 보리라

種一生十 種十生百
種百生千 如是生萬生億
得見諦道

- 『잡비유경(雜譬喩經)』

작은 보시가 깨달음으로

한 부인이 탁발하시는 부처님의 바리에 밥을 넣고 예배를 드렸다. 부처님께서 축원하셨다.

"씨앗 하나를 심으면 열 개로, 다시 백 개, 천 개, 일억 개로 불어나는 것처럼, 당신의 착한 행동이 장차 깨달음을 얻는 인연이 되리라."

집 안에 있던 남편이 밥 한 그릇에 대한 축원치고는 너무 거창하다고 말하자 부처님께서 말씀하셨다.

"겨자씨처럼 작고 작은 니구타수(尼拘陀樹) 씨앗도 땅이 길러주면 가지와 잎이 울창하여 시원한 그늘을 드리우는 큰 나무로 자라지 않느냐?"

주는 물건보다도 주는 행위가 더 중요하니 자신의 욕심보다 상대에 대한 자비심이 먼저이기 때문이다. 너무 하찮은 보시라고 주저하거나 무시하지 마라. 작은 선행도 한량없이 큰 복으로 자라난다. 하물며 바른 수행으로 깨달음을 얻은 부처님께 공양한 사람의 복을 누가 감히 헤아릴 수 있으랴? 그 복은 장차 일체중생을 깨달음으로 인도하는 큰 공덕으로 자라날 것이니 부처님을 가장 큰 복전(福田)이라고 부르는 것이다.

은혜를 아는 것이 큰 자비의 근본이며
착한 일의 첫 문이니
이런 사람은 사랑과 존경을 받아 명예가 멀리 퍼지며
죽어 하늘에 태어나 마침내 깨달음을 성취하리라
만일 은혜를 모른다면 짐승만도 못하리라

知恩者 是大悲之本 開善業初門 人所愛敬 名譽遠聞 死則生天
終成佛道 不知恩人 甚於畜生

- 『대지도론(大智度論)』

은혜를 알아야

지금의 나는, 낳고 길러주고 더 높은 존재로 향상시켜온 모든 인연의 은혜 덕분이다. 도와주는 고마운 은혜, 역경을 통해 강하게 길러준 은혜는 모두 나를 가르치는 스승이다.

세상은 혼자 사는 게 아니다. 서로 부대끼고 의지하고 갈등하며 살아간다. 사람과 사람의 관계만이 아니라 다른 모든 생물, 돌멩이와 나무토막까지도 이 우주에서 저마다의 자리를 차지하고 살아간다. 살아간다는 것은 이 모든 존재에 의지한다는 뜻이다. 숨 쉬고 먹는 기초적인 일에서부터 다른 모든 존재의 은혜에 힘입어 살아간다.

쌀 한 톨에도 태양의 은혜와 비의 고마움은 물론 농부의 수고로움이 담겼다. 게다가 사고파는 상인의 노력과 밥으로 지어준 은공이 더해져 입안으로 들어온다.

나는 천성적으로 글을 좋아해
종일토록 끙끙대며 글을 읽노라
하지만 실오라기 하나 곡식 한 톨도
내 힘으로 생산하지 못하니
이른바 하늘과 땅 사이에 꼬물대는
한 마리 좀벌레가 아니겠는가

余性喜書 雖終日呻吟 一縷一粒 皆非吾力所出 豈非所謂天地間一
蠹耶

- 『성호전집(星湖全集)』

한 마리 좀벌레

두(蠹)는 책에 스는 좀벌레다. 노동하지 않는 스스로를 좀벌레라 자책한 성호(星湖) 이익(李瀷) 선생은 70이 넘은 노인이 되어서까지 책 읽기를 게을리하지 않았다. 늙어갈수록 공부가 더 재미있지 만 삶이 얼마 남지 않았음을 가슴 아파했다.

혼자만 만족하자고 책을 읽지 않았다. 성호 선생은 실학자였다. 나라를 부강하게 하고 백성을 풍요롭게 하기 위해 농업을 중시 하여 농촌을 살려야 한다고 주장하였다. 정치와 사회는 물론 천 문·지리·의약·수학·역사 등 광범위한 분야에 걸쳐 연구하고 책을 썼다.

자신의 삶이 생산적이지 않은 좀벌레 같다며 겸손해 하였지만 오히려 뽕잎을 부지런히 먹어 비단실을 토해내는 누에와 비교해 야 하지 않을까? 선생이 읽은 책들은 선생의 머릿속에 들어가 실학의 엄청난 성과로 재탄생했다.

군자가 공부를 귀히 여김은
공부를 통해 그침[止]을 알게 되기 때문이다
공부를 하고도 그침을 모른다면
공부하지 않은 것과 무엇이 다르겠는가

君子之所貴乎學
以其可以知止也
學而不知止
與無學何異

-『화담집(花潭集)』

멈출 때를 배우는 공부

성공하려면 공부하란다. 돈이 있어야 공부할 수 있고, 공부해야 신분상승할 수 있고, 결국에는 공부로 부(富)를 대물림한다고 한다.

하지만 화담(花潭) 서경덕(徐敬德)은 공부란 그렇지 않다고 말한다. 공부는 올라가기 위한 것이 아니고 더 많이 가지고 누리기 위한 것도 아니다. 오히려 올바르게 멈추는 것이고 언제 멈추어야 하는지를 아는 것이 공부이다.

몇 백 년 전의 고리타분한 이야기라고 생각하지 말자. 선생이 닦은 학문은 요즘 식으로 말하면 인문학과 철학이다. 인간에 대한 깊은 이해와 통찰이 필요한 학문이다.

어리석은 마음은 욕망을 따라 무한질주한다. 불안한 마음 때문에 갈팡질팡한다. 시기와 질투, 증오하는 마음 때문에 어두워진다. 공부하지 않으면 그러한 질주와 혼돈과 어두움이 잘못된 것인 줄 모른다. 알려면 배워야 하고 배웠으면 멈출 줄 알아야 한다.

불교를 믿는 이들은 두루 베푸는 이들이며
자비로 포악함을 변화시키고
나눔으로써 인색함을 변화시키고
평등으로 원수와 친구도 변화시키고
참음으로 분노를 변화시키며
죽더라도 끝나지 않음을 알고
업을 받아 환생함을 알아서
천당으로써 상을 주고 지옥으로써 벌합니다

釋氏之門 周其施用 以慈悲變暴惡 以喜捨變慳貪 以平等變冤親 以
忍辱變瞋恚 知人死而神明不滅 知趣到而受業還生 賞之以天堂 罰
之以地獄

- 「우가영승록삼교총론(右街寧僧錄三敎總論)」

두루 베푸는 불교

송나라 진종 당시 중국 사상계는 유교, 도교, 불교의 세 종교가 지배하고 있었다. 세 종교는 서로 존중하기도 했지만 때로는 질시하고 비방하며 다투는 일도 적지 않았다. 때문에 세 종교를 비교하고 우열을 가리려는 움직임이 있었다. 이 글은 그런 의문에 대답하고 있다.

중국에서 생겨나지 않고 외국에서 들어온 불교가 많은 사람들에게 받아들여졌던 것은 교리 철학의 문제가 아니다. 그것으로는 우열을 가릴 수 없다. 보시, 자비, 희사, 평등, 인내, 윤회에 대한 믿음을 바르게 실천하는 불교인들이 있기에 역대의 제왕들과 사람들이 불교의 가르침에 귀 기울였다고 「우가영승록」은 말하고 있다.

오직 드러나는 실천만이 정당성을 입증한다. 송나라 시대에도 불교를 믿고 따라야 한다고 설득하는 힘은 묵묵히 봉사하는 불자들의 자비행, 모범이 되는 윤리적 삶에서 나왔다. 21세기 오늘도 다르지 않다.

마땅히 머무는 바 없는 마음을 내어라

應無所住而生其心

- 『금강경(金剛經)』

머물지 않는 마음

나뭇짐을 팔러 주막에 온 나무꾼은 어떤 손님이 읽던 『금강경』
을 들었다. 들을수록 가슴에 와 닿는 무언가가 있었다. 그러다
가 "마땅히 머무는 바 없이 그 마음을 내어야 하느니라." 하는
대목에서 홀연히 깨닫는 바가 있어 그 길로 출가하였다.

나무꾼은 뒤에 선불교의 6조로 추앙받는 혜능 스님이 된다. 스
님의 가르침을 기록한 책을 경전으로 받들어 모시니 『법보단경
(法寶壇經)』이다. 부처님의 깨달음과 동격으로 여긴 것이다.

『금강경』에서 부정하는 머무는 마음이란 모양이나 소리·향기·
맛·촉감·마음의 대상(色聲香味觸法)에 영향 받는 마음이다. 감각이
일어나면 좋다는 생각, 싫다는 생각, 좋지도 싫지도 않다는 생각
을 일으킨다. 바로 중생의 분별심이다. 사랑하거나 미워하면서
분별하는 생각에 머물러 걸림 있으니 중생의 마음이다. 반면 아
무 것에도 머물지 않아 걸림 없는 마음을 내니 보살이다. 걸림
없기에 맑고 깨끗하다.

고운 마음 가진 이가 부처님의 밝은 가르침을
한 마음으로 들으니
하루도 좋고, 하루가 안 되면 반나절도 좋고
반나절이 안 되면 한 시간도 좋고
한 시간이 안 되면 반 시간도 좋고
반 시간이 안 되면 극히 짧은 시간[須臾]도 좋더라
그것만으로도 그 복은
헤아릴 수 없고 말로 설명할 수 없느니라

其有好心 善意之人 聞佛明法 一心而聽 能一日可 不能一日 半日可
不能半日 一時可 不能一時 半時可 不能半時 須臾可 其福不可量
不可訾也

- 『견의경(堅意經)』

잠깐이라도 법을 생각하라

"아침에 도를 들으면 저녁에 죽어도 좋다[朝聞道夕死可矣]."

공자님의 말이다. 단 하루를 살더라도 가치 있게 살고자 하는 이들은 이런 마음가짐으로 진리를 추구했다.

『견의경』에서는 이를 더 극한까지 몰고 간다. 하루가 안 되면 한 시간이라도, 그것도 어렵다면 극히 짧은 잠깐[須臾]이라도 한마음으로 부처님의 가르침을 듣고 생각하라고. 비록 잠깐이지만 아무 의미 없는 한 달, 일 년보다 더 가치 있는 잠깐이다.

조선시대 실학자 이덕무는 『이목구심서』에서 "내가 만약 잠깐이라도 얽매임이 없다고 한다면, 이는 잠깐 동안 신선인 것이요, 반나절 동안 그러하다면 반나절 동안 신선이 된 것이다. … 대체로 보면 발아래 붉은 먼지가 풀풀 일어나는 자는 일생 동안 단 한 번도 신선이 되지 못하리라."라고 했다.

나는 발아래 먼지 풀풀 일으키며 세속의 이해를 쫓아 분주히 돌아다니는 중생인가? 아니면 잠깐이라도 얽매임 없이 부처님 법을 생각하는가?

밖을 향해 공부를 보이려 하는 것은
어리석은 사람들의 행위니라
어느 장소에서든지 주체적일 수 있다면
그 서는 곳은 모두 참된 곳이니라

向外作工夫 總是癡頑漢
爾且 隨處作主 立處皆眞

–『임제록(臨濟錄)』

어디서나 주인이 되라

어르신과 함께 하루하루를 지내다보면 어르신들의 연륜과 지혜에서 배우는 바가 많다. 센터에서 일하며 얻어지는 망외(望外)의 소득이라고나 할까?

하지만 때로는 나라는 존재의 한계를 저절로 발견하기도 한다. 늘 친절해야 한다고 다짐하면서도 어쩔 수 없이 했던 말을 또 다시 여러 번 반복하다 보면 어느새 지쳐버리는 경우가 종종 있다. 친절도 형식적이 되고 말투도 퉁명해진 나를 문득 발견한다. 그럴 때마다 반성하지만 반성도 자꾸 되풀이되니 발전 없는 스스로가 불쌍하고 불행하다는 자괴감에 빠지기도 한다.

이렇게 마음이 바닥으로 가라앉았을 때 떠올리는 글귀가 있다. 은사이신 지홍 스님께서 일러주신 말씀이다. 종으로 살지 말고 주인으로 살아가라, 서는 곳마다 진리의 자리가 되라는 '수처작주(隨處作主) 입처개진(立處皆眞)'이다. 이 말씀에 담긴 깊은 뜻을 되새기며 스스로를 달랜다.

당시 나는 센터에 입사해서 2년 정도 지나며 초심자의 티를 벗고 어설픈 전문가 흉내를 내고 있을 때였다. 나름 일머리도 안다고 생각했지만 다른 면으로는 처음 일을 시작할 때의 진지함과 성실함을 놓쳐버린 때이기도 하다. 그때 천 년 전 임제의현 스님이 하신 이 말씀은 과연 나는 내 삶의 주인인지, 언제나 주인으로 일하고 있는지 챙겨보는 기회가 되었다. 그리고 힘들거나 매너리즘에 빠질 때마다 내 자리를 확인해본다. 내 삶의 주인이라면 남을 탓할 일이 없으며, 남의 일을 대신하는 듯한 억울함이 없을 것이기 때문이다.

서울노인복지센터 송화진 사회복지사

보시하는 이는 복을 얻을 것이요
자비로운 마음을 닦은 이는 원한이 없을 것이요
선을 행하는 이는 악이 그칠 것이요
욕망을 떠난 이는 번뇌가 없을 것이니라
만약 이와 같이 행한다면 위없는 열반이 한없으리라

- 『대반열반경(大般涅槃經)』

첫 마음 그대로 5

성 안 내는 그 얼굴이 참다운 공양구요
부드러운 말 한마디 미묘한 향이로다
깨끗해 티가 없는 진실한 그 마음이
언제나 변함없는 부처님 마음일세

面上無瞋供養具
口裏無瞋吐妙香
心裏無瞋是眞寶
無染無著是眞如

– 『송고승전(宋高僧傳)』

성 안 내는 얼굴

'문수동자게(文殊童子偈)'로 불리는 이 짧은 게송은 중국 당(唐)나라 화엄종의 무착 스님이 오대산에서 문수보살의 시자 균제 동자에게 들었다고 전해지는 것이다. 게송의 본문은 『송고승전(宋高僧傳)』권 20의 「당대 오대산 화엄사 무착전(唐代 五臺山 華嚴寺 無着傳)」에 실려 있다.

이 게송은 각 구마다 신(身)·구(口)·의(意) 삼업(三業)과 대응한다. 첫 구는 성 안 내는 얼굴이니 몸(身)이며, 두 번째는 부드러운 말을 하는 입(口)이며, 세 번째는 진실한 마음인 뜻(意)이다. 신구의로 짓는 모든 일을 행(行)이라 하고 행을 닦는(修) 사람을 수행자(修行者)라 부르니 이 게송은 참으로 간단한 실천법을 통해 지극한 깨달음으로 연결한다.

성 안 내는 얼굴, 부드러운 말, 진실한 마음을 가지려면 무엇이 더 필요한가? 아무것도 필요치 않다. 누구나 있는 그 자리에서 바로 실천할 수 있다. 내 몸은 청정한 공양그릇이 되어 부처님께 공양 올린다.

무리지어 잠자던 저 새들도
해 뜨면 제각기 날아가나니
사랑하던 이들도 죽음 앞에선
흩어져 갈라섬이 이와 같노라

譬如群宿鳥
夜聚旦隨飛
死去別親知
乖離亦如是

－『무상경(無常經)』

새들처럼

"가족이란 무엇인가요?"

제자가 묻자 부처님은 나뭇가지에 나란히 붙어 앉은 참새들을 가리키셨다.

"가족이란 저 참새들과 같다."

잠시 후 바람이 불었다. 나뭇가지가 바람에 흔들리자 참새들은 이리저리 날아올랐다.

부부로 만나려면 오백 생의 인연이 필요하니 부모와 자식으로 만나려면 얼마나 많은 인연이 필요할까? 하지만 그 인연 또한 죽음 앞에서는 지극히 허망하다. 죽도록 사랑해도 막상 죽음이 닥치면 저마다 제 업을 따라 홀로 가기 때문이다. 오는 순서는 있어도 가는 순서는 없다. 바람에 가지가 흔들리면 이리저리 흩어져 날아가는 참새와도 같다.

사랑하라. 오늘 죽을 것처럼. 인연 다하면 헤어지니 있을 때 최선을 다하라. 다만 집착하지 말 뿐이니.

"사람의 목숨이 얼마 사이에 달렸느냐?"
"호흡하는 동안에 달렸습니다."
부처님께서 칭찬하셨다.
"그렇다. 네가 도를 아는구나."

人命在幾間
對曰 呼吸之間
佛言 善哉 子可謂爲道者

- 『사십이장경(四十二章經)』

목숨은 호흡 사이에

사명대사가 승과에 응시했을 때 면접관인 허응당 보우 스님이
물었다.

"어디서 왔는고?"

"보현사에서 왔습니다."

"몇 걸음에 왔는고?"

그러자 사명대사는 벌떡 일어나 방 안을 한 바퀴 돌더니 말했다.

"이렇게 왔습니다."

언제나 현재에 집중하는 것이 수행이니 바르게 수행한 사람이라
면 보우 스님의 질문에 막힐 리 없다. 어느 쪽 발부터 내딛었는
지, 몇 걸음에 왔는지 모를 리 없다.

언제나 깨어있어야 한다. 가고 오고 앉고 서는 일상의 모든 행위
에서 잠시의 빈틈도 없이 깨어 실천해야 한다. 그냥 무의식중에
걸어다닌다면 몽유병 환자와 다를 바 없다. 그래서 베트남 출신
의 틱낫한 스님은 행선(行禪)을 강조한다. 시선을 자신의 코끝에
두고 한 걸음 한 걸음 마음과 호흡에 집중하며 걷는다면 그것이
바로 참선 수행이다.

제자와 스승은 서로가 참되고 성실하고
스승은 스승답고 제자는 제자다우며
서로 비난하거나 미워하지 말아야 하느니라

弟子與師 二義眞誠
師當如師 弟子當如弟子
勿相誹謗愼莫含毒

-『아난문사불길흉경(阿難問事佛吉凶經)』

스승과 제자는 참되고 성실해야

옛 스승님들은 공부를 함에 있어서 두 가지를 조심하라고 했다. 첫 번째로 조심할 것은 '어렵다는 생각'인 '현애상(懸崖想)'이다. 까마득한 벼랑이나 절벽을 올려다보면서, '저걸 언제 올라가나?' 하는 절망스러운 마음이 들면 '도저히 올라갈 수 없어'라며 지레 포기하게 된다.

두 번째로 조심할 것은 '다 안다'며 귀찮은 생각을 내는 '관문상(慣聞想)'이다. 아무리 좋은 가르침도 건성건성 듣고 습관적으로 흘러듣는다. 그런 생각이 들면 더 이상 배울 수가 없다.

불교 공부에만 해당하지 않는다. 세상 모든 공부가 다 그렇다. 지레 포기하거나 대충 넘어가거나 하는 것은 공부를 망치는 지름길이다. 제자가 이 두 잘못에 빠지지 않도록 스승은 바르게 이끌어야 한다. 방법은 오직 하나, 여설수행(如說修行)이다. 부처님이 가르치신 대로 실천하며 살아가는 것뿐이다.

바른 길을 일러주신 스승의 은혜는 세상의 부귀영화로 갚을 수 있는 것이 아니니 오직 수행으로 갚을 수 있을 뿐이다.

하늘의 임금 같은 저 코끼리
신(神)처럼 내려와서 태(胎) 속에 들자
어머니는 온갖 걱정 근심 모두 여의고
허깨비 같은 거짓 마음 내지 않았네
시끄러운 세속 일 점차 싫어져
텅 비고 한적한 숲에 있기를 좋아했다네

於彼象天后 降神而處胎
母悉離憂患 不生幻僞心
厭惡彼誼俗 樂處空閑林

-『불소행찬(佛所行讚)』

아이를 품은 어머니

보살은 부처님이 되는 모든 수행을 완성했다. 최후의 깨달음을 위해서는 인간으로 태어나야 했다. 인간세상에서 가장 공덕이 깊은 사람이 정반왕 부부임을 확인한 보살은 마야 부인의 태에 들었다.

마야 부인은 하얀 코끼리가 태에 들어오는 태몽을 꾸었다. 늦게까지 아이가 없던 정반왕 부부는 기쁨이 이루 말할 수 없었다. 마명 보살은 아기 부처님을 태에 품은 어머니 마야 부인의 마음이 한없이 청정하고 거룩해졌다고 『불소행찬』에서 찬탄하고 있다.

이 대목을 다른 시각으로 읽으면 우리 조상들의 태교(胎敎)와 다를 바 없음을 알게 된다. 훌륭한 자녀를 원하는 부모가 바른 마음을 가지고 바른 행위를 하는 것이 태교다. 태어난 뒤가 아니라 태 속에 있을 때 이미 시작해야 한다. 마야 부인처럼 마음과 행동을 조심하고 정성을 다하여 도솔천에 계시는 미래 부처님을 모셔보자.

그대가 건강할 때 병자를 돌보거나
병세 물어 걱정하지 않았으니
지금 누가 아픈 그대를 돌보겠느냐

선과 악은 서로 대립함이 있고
죄와 복은 반드시 보답 받으며
은혜는 주고받을 때 생기고
의리는 소통하지 않으면 끊어지느니라

卿强健時 不瞻視人 不問訊疾病 誰當瞻視卿乎
善惡有對 罪福有報 恩生往反 義絶稀疏

- 『생경(生經)』

건강할 때 병자를 돌보라

할 수 있을 때 복을 지어야 한다. 건강할 때 아픈 사람을 돌봐야 한다. 세상은 홀로 사는 곳이 아니므로 늘 다른 이와 은혜와 의리를 주고받아야 한다.

『생경』의 이 일화는 부처님께서 병들어 아픈 비구에게 들려준 이야기이다. 돌보아주는 사람도 없고 약도 제대로 쓰지 못하는 아픈 제자를 찾은 부처님께서는 위로보다 먼저 따끔한 충고를 했다. 왜 그랬을까? 다른 모든 수행자들에게 경계하고자 함이 아니었을까?

할 수 있는 건강과 능력이 있을 때 병자를 돌보라는 부처님의 가르침을 들은 제자라면 어떻게 했을까? 돌보는 이 없어 외롭고 힘들어하는 이 아픈 비구를 돌보아주지 않았을까?

저는 지금 가난하여 작은 등 하나 겨우 밝혀
부처님께 공양하는 이 공덕의 인연으로
내세에는 반드시 부처님의 지혜 얻어
일체중생 번뇌 고통 소멸하게 하옵소서

我今貧窮 用是小燈
供養於佛 以此功德
令我來世 得智慧照
滅除一切 衆生垢闇

-『현우경(賢愚經)』

가난한 여인의 등불

사위성에 사는 난다라는 여인은 너무도 가난하여 구걸로 겨우 목숨을 이어가고 있었다. 어느 날 부처님께서 오신다는 소식에 왕과 모든 백성이 등불 공양을 올리고자 분주히 움직였다. 난다 또한 부처님께 등불 공양을 올리고 싶었다.

난다는 하루 종일 구걸한 동전 한 닢으로 기름을 사서 등불을 밝혔다.

밤중이 지나자 모든 등불이 다 꺼졌지만 난다의 등불은 꺼지지 않고 홀로 빛나고 있었다. 목련 존자의 신통력으로도 끌 수 없었다.

부처님께서 말씀하셨다.

"목련아, 부질없이 애쓰지 마라. 가난하지만 마음 착한 여인의 넓고 큰 서원과 정성으로 켠 등불이니 결코 꺼지지 않으리라. 그 등불의 공덕으로 이 여인은 앞으로 30겁 뒤에 반드시 성불할 것이다. 그리고 그 이름을 '수미등광여래'라 할 것이다."

난다의 등불은 비록 작지만 그것은 그녀의 모든 것이었다. 자신의 모든 것을 드리는 것보다 더 큰 정성이 어디 있으랴.

재물이 있는 자는 누가 달라고 할 것이 두렵고
재물이 없는 자는 주지 못함이 안타깝도다
걱정 근심함은 같을지라도
과보(果報)는 각기 다르니
불쌍히 여긴 자비로운 사람은
하늘에 태어나 큰 즐거움 받고
인색한 자는 아귀(餓鬼) 가운데 태어나
한없는 괴로움을 받느니라

有財物者 懼其求索 無財物者 我當云何得少財物與之 如是二人 憂
苦雖同 果報各異 悲惱念者 生天人中 受無量樂 慳貪者 生餓鬼中
受無量苦

-『대장부론(大丈夫論)』

인색한 마음과 자비로운 마음

욕망의 노예가 되지 않으려면 베푸는 훈련을 통해 탐심을 없애야 한다. 베푸는 훈련이 바로 보시다. 보시야말로 불교의 핵심 가치다.

부처님께 의지하는 첫 번째 동기는 개인적인 어려움이나 소망일 것이다. 개인적인 고민, 집안의 우환, 사업의 고비, 혹은 더 잘 되게 해 달라고 빌기 위해서 부처님을 찾는다. 이때의 보시는 이기적 욕망의 보시일 수 있다. 하지만 부처님은 중생들을 차별하지 않고 보시를 받아들이고 간절한 소망을 들어주신다.

이기적인 동기에서 신행을 시작하더라도 부처님의 은혜 속에서 보다 깊은 경지로 들어가 법을 배우고 실천하는 방법을 배운다. 이기적인 욕망에서 비롯한 보시가 반복되면서 점차 보살의 보시행으로 발전해 나간다. 받아야만 기쁘던 것이 나눔으로서 즐거운 경지에 도달하니 즐거운 보시를 통해 흔들리지 않는 마음의 평화를 얻게 된다.

자비는 곧 여래이며
자비는 즉 대승이다
대승은 곧 자비이고
자비는 즉 여래이다
사람들이여,
자비는 곧 보리도(菩提道)이고
보리도는 즉 여래이다
여래는 곧 자비이다

慈卽如來 慈卽大乘 大乘卽慈 慈卽如來 善男子 慈卽菩提道 菩提
道卽如來 如來卽慈

- 『대반열반경(大般涅槃經)』

자비를 떠나 무엇이 더 있으랴

절에 오래 다녀도 불교를 모르기는 마찬가지다. 불교란 '부처님' 을 믿는 종교일까? 부처님의 '가르침'일까? '깨달음'을 추구하는 종교일까? 스스로 '수행'하여 해탈을 얻는 종교일까? 간절히 빌면 '소원'을 이루어주는 종교일까? 어느 것을 말해도 틀리지 않지만 그렇다고 정답도 아니다. 자비, 대승, 깨달음, 수행 등 배워야 할 중요한 개념도 한없이 많다. 그렇다면 불교가 무엇인지 영영 알 수 없는 일일까?

『대반열반경』에서는 이 모든 질문을 하나로 엮어 '서로 다르지 않다'고 대답한다. 자비와 부처님은 한 몸이며, 자비와 대승불교는 나누어질 수 없는 개념이다. 나아가 깨달음의 구체적 표현은 자비일 수밖에 없다. 어떤 형이상학적 언어도 현실 속에 모습을 나타날 때는 오직 자비일 뿐이다. 『화엄경』에서는 말한다.

"보살은 대비(大悲)로 몸을 삼으며, 대비로 문을 삼으며, 대비로 머리를 삼으며, 대비의 도리로 방편을 삼아 허공에 충만하다."

부처님은 지극한 자비로 삼계의 중생을 가엾이 여기시니
세상에 나타나신 까닭도 가르침을 밝게 폄으로써
중생을 두루 위해 진실한 이익을 주고자 하심이니라

如來以無盡大悲 矜哀三界 所以出興於世 光闡道教 普令群萌 獲眞
法利

–『무량수경(無量壽經)』

정토세상을 건설함은

서방정토 극락세계는 연꽃잎을 타고 화생(化生)한다. 그 세계는
아미타 부처님이 중생을 위해 만든 불국토다. 온갖 괴로움이 가
득한 예토가 중생들이 사는 사바세계라면 서쪽으로 십만억 국
토를 지난 곳에 있는 정토세계에는 괴로움도 없고, 질병도 없고,
곤궁함도 없다.

임종에 이른 사람이 지성으로 생각하고 아미타불을 부르면 서
방정토 극락세계에 태어날 수 있다. 일찍이 전생 몸인 법장 비구
시절부터 48가지 큰 서원을 세워 깨달음을 성취하셨으니 아미
타 부처님의 약속은 이루어진다. 간절히 부르는 사람을 모두 구
원하겠다는 약속은 반드시 성취된다.

성철 스님은 말씀하시기를, 아미타 부처님의 서방정토극락세계
에 가기 위해서는, 거리상으로 십만억 국토나 멀리 가야 하는 것
이 아니라고 했다. 사람들의 마음속에 가득 찬 십만팔천 가지
번뇌를 없애면 되는 것이다. 번뇌만 없애면 이곳이 바로 부처님
의 땅이 된다. 먼 곳에서 모셔 오는 부처님이 아니라 본래부터
이곳에 항상 계신 부처님이다.

부처님 가르침을 지키는 수행자들은
마땅히 비심(悲心)을 내어 중생을 길러야 하느니라
그리하여 한낱 개미까지도 공포에서 건져 주는 것
이것이 참된 수행자의 의무이니라

於佛法中 沙門法者 應生悲心 覆育衆生
乃至蟻子 應施無畏 是沙門法

- 『대반열반경(大般涅槃經)』

한낱 개미도 공포에서 건지는

남을 해치지 말라는 뜻의 '아힘사(ahimsā. 不害)'는 인도의 전통 사상이다. 이를 불교에서는 더 적극적으로 해석한다. 계율의 첫 번째인 불살생(不殺生)은 아힘사의 정신과 같지만 소극적인 '하지 않음'이 아니다. 더 적극적으로 생명을 살려야 한다는 방생(放生)으로 해석한다.

죄 중에서 생명을 끊는 죄가 가장 크고 수많은 복 중에서 생명을 건지는 복이 제일 크다. 한 생명을 죽이는 것에서 그치는 것이 아니라 그 생명과 연결된 무수한 생명을 죽이는 것이기 때문이다. 살생죄는 미래 부처님의 생명을 끊는 것이고 나 자신의 자비 종자를 끊는다.

경전에서는 공덕을 짓기 위한 보시를 세 가지로 말한다. 법시(法施), 재시(財施), 무외시(無畏施)가 그것이다. 바른 가르침을 일러주는 법시, 가진 것을 나누고 베푸는 재시, 그리고 두려움과 불안을 없애주는 무외시이다. 중생이 겪는 공포를 이해하고 따뜻하게 감싸며 해결하도록 함께 노력하는 것이 무외시이다. 그 자비의 마음이 인간세상을 넘어 생태계의 저 작은 개미에게까지 미친다. 수행자의 자비는 이처럼 넓고 크다.

슬프구나, 중생들이 생사의 큰 구덩이에 빠져 있으니
나는 어찌 이들을 속히 건져내어
깨달음의 세상에 살 수 있도록 할꺼나

哀哉 衆生墮於無底生死大阬
我當云何而速勉濟
令其得住一切智地

– 『화엄경(華嚴經)』

어찌 이 중생들을 외면하랴

부처님의 고뇌에 찬 탄식을 들으면 부끄럽다. 부처님도 이렇게 중생구제를 위해서 애쓰고 고민하셨다. 부처님의 가르침을 우리가 따르고자 한다면 중생구제를 실천하신 모범을 따라야만 한다.

중생에 대한 지극한 자비는 깨달음조차 뒤로 미룬다. 지옥 중생이 모두 구원되지 않으면 자신도 성불하지 않겠다고 다짐한 지장보살, 일찍이 부처님의 깨달음을 성취했으나 성불을 미루고 모든 부처님을 가르치겠다는 문수보살처럼 대승의 큰 보살은 자신의 깨달음을 뒤로 미루고 중생을 구제하고자 고통스런 세상에 남는다.

중생들은 업 때문에 윤회하지만 보살들은 원력(願力)으로 삶을 선택한다. 이렇게 받은 생(生)은 업을 갚기 위한 생이 아니라 오로지 자비를 실천하고 봉사하기 위한 생이다. 일체중생이 모두 괴로움에서 벗어날 때까지 보살의 원생(願生)은 멈추지 않는다.

자신의 그릇됨을 먼저 없애라
다른 이를 가르침은 다음 일이니라
자기 그릇됨을 없애지 않고
남을 가르침은 있을 수 없느니라
그러므로 보살은
자신이 먼저 보시(布施)하고
자신이 계(戒)를 지켜 만족하며
자신이 성실히 수행한 뒤에야
남을 교화하는 것이니라

先自除惡 後教人除 若不自除 能教他除 無有是處 是故菩薩
先應自施 持戒知足 勤行精進 然後化人

- 『우바새계경(優婆塞戒經)』

스스로 청정함을 갖추라

문자법사(文字法師)는 되지 말아야 한다. 배워 아는 바는 많지만 실천은 없으니 글자만 안다고 문자법사다. 아는 것이 있으면 아는 만큼 행해야 하는데, 안다고 자랑만 할 뿐 하나도 실천하는 것이 없다면 참되게 아는 것일 수 없다. 모범이 되지 않는다면 문자법사일 뿐 참 스승이 아니다.

그렇다고 암증선사(暗證禪師)가 되어도 곤란하다. 지혜는 없이 덥석 저지르기만 하는 사람도 어리석기는 마찬가지다. 캄캄한 밤중에 동서남북도 분간 못하면서 천지 사방으로 헛되이 애쓰기만 한다고 암증법사다. 알지 못하기 때문에 착한 일을 하자고 한 것이 남을 해롭게 하기도 하고 자신도 위태롭게 만든다.

옛이야기에 '나는 바담 풍(風) 하더라도 너는 바람 풍(風) 하거라'는 훈장님 이야기가 있다. 바른 모범을 보이지 못하면서 따르기를 바란다면 곤란하다. 스승도 그렇고 부모도 그렇다. 남을 가르치는 이는 먼저 모범을 보여야 한다. 바른 모범을 보이면 권하지 않아도 다른 이들이 쫓아와 배울 것이다.

천석들이 큰 종을 보게나
크게 치지 않으면 소리 나지 않는다네
비할 바 없는 지리산의 기상은
하늘이 울려도 가볍게 울지 않는다네

請看千石鍾
非大扣無聲
爭似頭流山
天鳴猶不鳴

– 『남명집(南冥集)』

크고 굳센 정신

조선시대 사림(士林)을 대표하는 남명(南冥) 조식(曺植)의 시에는 꾸미고 변명하는 것 같은 건강하지 못한 점이 하나도 없다. 성큼성큼 걸어 나가 자연과 하나 되는 위대한 인격이다. 이러한 지극함에 이를 수 있으니 유학은 또 얼마나 깊은 학문일까?

여러 사람이 달라붙어 기둥만한 당목으로 힘차게 쳐야 천석들이 큰 범종이 한 번 울린다. 소리는 긴 울음이 되어 오래 이어진다. 그러나 정말로 크고 위대한 것은 큰 당목으로 두드려도 소리를 울리지 못한다.

지리산은 범종이 감히 비교할 수 없을 정도로 크다. 당목이 아니라 하늘이 천둥번개로 소란스럽게 울리며 달려들어도 지리산은 꿈쩍도 하지 않는다. 의연한 지리산의 기상처럼 선비의 높고도 고매한 정신은 세상풍우(世上風雨)에 흔들리지 않아야 한다는 남명 조식의 선언이다. 그리고 그는 그와 같이 살았다. 그의 정신은 제자들에게 이어져 임진왜란 때 많은 제자들이 의병을 일으켜 나라를 구했다.

물러나와 세상일을 되돌아보니
마치 꿈속의 일과 같구나

却來觀世間
猶如夢中事

- 『능엄경(楞嚴經)』

모두가 꿈속의 일

평생을 조국 독립을 위해 싸운 백범 김구 선생이 귀국한 뒤 한때 출가했던 마곡사를 다시 찾았다.

"법당문 앞에 당도하니 대웅전에 걸려 있는 주련(柱聯)도 변치 않고 나를 맞아주었다. 그 글귀를 48년 전 그 옛날에는 무심히 보았으나 오늘 자세히 보니 '물러나와 속세를 보니 마치 꿈속의 일만 같구나却來觀世間 猶如夢中事'라 쓰여 있었다. 이 글을 보며 과거사를 생각하니 과연 나를 두고 이른 말이 아닌가 생각되었다."

48년 전 출가했던 청년은 백발이 성성한 노인이 되어 해방된 조국으로 돌아왔지만 당시 마곡사에 있던 옛 사람은 하나도 남아 있지 않았다. 그때를 돌아보니 마치 꿈속의 일만 같다며 김구 선생은 탄식했다.

깨달음을 성취하여 저 높은 경지에 올라 굽어본다면 번뇌와 업장에 싸여 잘못을 저지르던 어리석은 시절은 그야말로 꿈속의 일처럼 허망하게 여겨지리라. 뒷날 스스로를 돌이켜 꿈속의 일이라 말을 하려면 지금부터라도 정진하여 도업을 이루어야 하니 더 늦기 전에 노력하라. 시작하라.

게으름은 모든 일을 망치고 마니
게으른 이는 살기도 어렵고 사업도 부진하고
게으른 출가자는 생사(生死)의 고통을 벗어나지 못하니
모든 일은 정진(精進)으로써 크게 일어나 성취하느니라

夫懈怠者 衆行之累
居家懈怠 則衣食不供 産業不擧
出家懈怠 不能出離 生死之苦
一切衆事皆由精進 而得興起

– 『보살본행경(菩薩本行經)』

부지런하라

부처님이 깨달음을 이루자 악마의 무리는 절망에 빠졌다. 사람들이 더 이상 타락하지 않아 악마들의 나라가 없어질 것 같았다. 마왕은 부하들을 불러 모았다. 악마들은 저마다 자신들이 생각한 방안을 마왕에게 말했다. 돈을 줘서 타락시키자는 제안부터 명예와 권력 등 중생의 욕망을 자극하는 기발한 제안들이 쏟아졌다. 그러나 하나같이 2% 부족한 제안이었다. 혹시 잘못을 저지르더라도 부처님의 가르침을 듣고 후회한 뒤 반성하여 바른 길로 돌아설 가능성이 높았다. 그러다가 모든 악마들이 동의한 획기적인 제안이 나왔다.

"사람들에게 착한 일을 하라고 하자. 단, 오늘 하지 말고 내일부터 하라고."

그때부터 마왕과 부하들은 사람들에게 속삭이고 있다. "참 좋은 일이야. 하지만 오늘은 늦었으니 내일 하면 어때?"

달콤한 유혹과 협박으로 깨달음을 방해하려는 마왕을 "게으른 자의 권속이여, 사악한 자여."라고 부처님이 부른 까닭이 여기 있다.

예불은 부처님의 덕을 공경함이요
염불은 부처님의 은혜에 감사함이요
지계는 부처님께서 하신 일을 따라함이요
간경은 부처님께서 가르치신 이치를 밝힘이요
좌선은 부처님의 경계에 다다르기 위함이요
참선은 부처님의 마음과 합하는 것이며
깨달음은 부처님의 도를 증득하는 것이고
설법은 부처님께서 바라는 바를 원만하게 이루는 것이니라

禮佛者 敬佛之德也. 念佛者 感佛之恩也. 持戒者 行佛之行也. 看經者
明佛之理也. 坐禪者 達佛之境也. 叅禪者 合佛之心也. 得悟者 證佛之
道也. 說法者 滿佛之願也.

- 『치문경훈(緇門警訓)』

어떻게 부처님을 모시고 따를 것인가

절에 오면 부처님께 절한다. 염불하고 경전을 본다. 너무도 당연한 불교의 신앙 모습이다. 부처님을 향한 이 모든 일에는 다 깊은 뜻이 담겨 있다. 하지만 때로는 '왜' 하는지도 모르면서 '무조건' 해야 한다며 맹목적인 정성만 강조하는 경우가 적지 않다. 지극한 마음으로 정성을 들이는 것이 알음알이로 따지고 드는 일보다야 물론 훌륭한 일이지만 공덕을 더욱 크게 하려면 최소한 자신이 무엇을 하는지는 아는 것이 좋지 않을까?

『치문경훈』에 실린 영명지각수(永明智覺壽) 선사의 「팔일성해탈문(八溢聖解脫門)」은 일상의 불교신행에 대해 그 참뜻을 온전히 풀이한다. 여기서 '일(溢)'은 가득하다는 뜻이니, 만일 여덟 가지 일을 만족스럽게 하면 곧 해탈의 성스러운 도를 얻는다는 의미다. 선사의 뜻이 이토록 깊고 간곡하니 수행에 담긴 뜻을 제대로 알고 깊은 뜻을 온전히 성취하자.

이 세상에 있는 모든 힘 중에
천상과 인간세상에 태어나 노닐게 하는
가장 뛰어난 힘은 복의 힘이니
그 복으로 불도도 성취한다네

世間所有力 遊在天人中 福力最爲勝 由福成佛道

- 『증일아함경(增壹阿含經)』

공덕의 힘

어느 날 양손 가득 도넛 박스를 드신 한 아주머니가 사무실로 찾아오셨다. 시아버님이 우리 센터에 다니시는데, 어찌나 즐겁고 행복하게 센터를 이용하고 계신지 늘 자랑을 하셔서 센터에 감사한 마음에 도넛이라도 드리고 싶어서 오셨다고 했다.

감사한 마음은 알지만 주시는 물건을 함부로 받을 수 없어, 도넛을 후원품으로 등록하기로 하고 후원자 상담을 시작했다. 며느님은 지방에 살아서 아버님을 곁에서 모시지 못하는 것이 항상 마음에 걸렸다는 것이다. 그런데 아버님은 서울노인복지센터에 다니시며 바둑이나 장기 같은 취미생활도 하시고, 악기도 배우시면서 정말 즐겁게 노년을 보내신다는 것이다. 그래서 센터에 정말 감사하다고 거듭 말씀하셨다. 아버님께서는 지방에 내려오셨을 때 일가친척들 앞에서 서울노인복지센터 자랑을 하도 많이 하셔서, 친척분들도 언제 한번 서울노인복지센터 구경 가야겠다고 늘 벼르신다는 것이다.

언제든지 모시고 오시면 친절하게 안내드리겠다고 약속드렸다. 센터의 직원으로서 가장 뿌듯한 보람을 느끼는 경우가 아닐 수 없다. 대화할수록 시아버님을 살뜰히 챙기고 공경하는 며느님의 모습도 참 보기 좋았다.

센터를 이용하시는 어르신들 중에서도 센터 직원들을 볼 때마다 "수고가 많다." "서울노인복지센터가 노인들에게는 천국이다." 같은 말씀을 해주시는 분들이 많다. 이렇게 감사를 표현하면 어르신들도 행복하고, 직원들은 더 없이 보람을 느낀다. 앞으로도 서로를 행복하게 하는 말들을 주고받으면서 강력한 행복의 힘도 주고받았으면 좋겠다.

서울노인복지센터 장지현 펀드레이징마케터

보시바라밀(布施波羅蜜)에는 열 가지 이익이 있으니
첫째, 인색과 탐욕의 번뇌(煩惱)를 항복받고
둘째, 욕심을 버리는 마음을 기르며
셋째, 중생과 그 재산을 지켜주고
넷째, 부호의 집에 태어나며
다섯째, 보시하려는 마음이 저절로 일고
여섯째, 모든 사람의 사랑을 받고
일곱째, 무서운 일을 당하지 않고
여덟째, 아름다운 이름이 널리 퍼지고
아홉째, 고생 없이 행복하고
열째, 장차 깨달음을 얻게 되리로다

- 『월등삼매경(月燈三昧經)』

첫 마음 그대로

2015년 7월 14일 초판 1쇄 발행

지은이   서울노인복지센터
펴낸이   안삼화
편집   정창진, 정선경
디자인   다보디자인
사진   하지권
펴낸 곳 (주)서우재
         100-846 서울시 중구 을지로 114-6, 505호 (을지로3가, 홍원빌딩)
         대표전화 02) 2268-8082 팩시밀리 02) 0505-115-8082
         출판등록 제2014-000195호.(2014. 12. 29)

ISBN 979-11-955709-1-1 03810

이 도서의 국립중앙도서관 출판예정도서목록(CIP)은 서지정보유통지원시스템 홈페이지
(http://seoji.nl.go.kr)와 국가자료공동목록시스템(http://www.nl.go.kr/kolisnet)에서
이용하실 수 있습니다. (CIP제어번호 : CIP2015018175)